愛經典

閱讀經典，成為更好的自己。

緣起

愛經典

卡爾維諾說：「『經典』即是具影響力的作品，在我們的想像中留下痕跡，並藏在潛意識中。正因『經典』有這種影響力，我們更要撥時間閱讀，接受『經典』為我們帶來的改變。」因為經典作品具有這樣無窮的魅力，時報出版公司特別引進大星文化公司的「作家榜經典文庫」，期能為臺灣的經典閱讀提供另一選擇。

作家榜經典文庫從二〇一七年起至今，已出版超過一百本，迅速累積良好口碑，不斷榮登各大暢銷榜，總銷量突破一千萬冊，本書系的作者都經過時代淬鍊，其作品雋永，意義深遠；所選擇的譯者，多為優秀的詩人、作家，因此譯文流暢，讀來如同原創作品般通順，沒有隔閡；而且時報在臺推出時，每部作品皆以精裝裝幀，質感更佳，是讀者想要閱讀與收藏經典時的首選。

現在開始讀經典，成為更好的自己。

目次

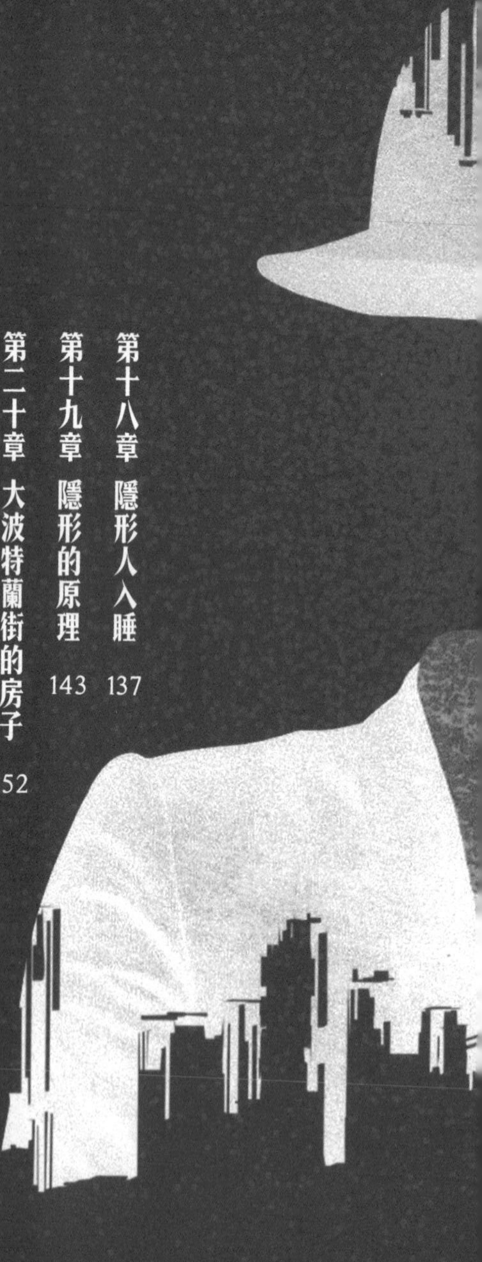

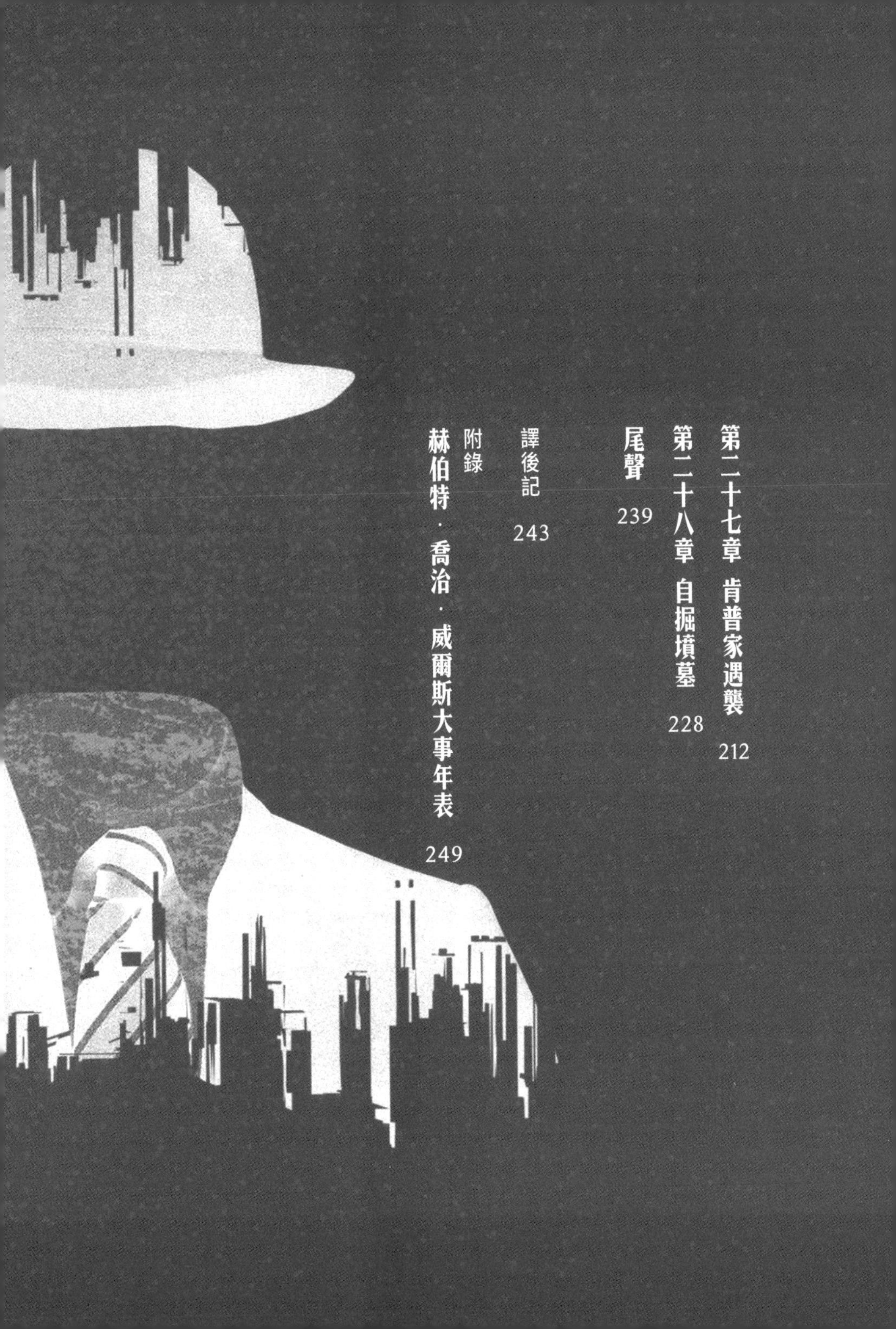

第一章
陌生人到來

二月初的一個冬日，下著這年的最後一場雪。一個陌生人頂著凜冽的暴風雪，沿著丘陵從布蘭布林赫斯特火車站走來。他戴著厚厚的手套，拎著一只黑色的小皮箱。他從頭到腳裹得嚴嚴實實，軟氈帽的帽簷遮住了整張臉龐，只露出閃亮的鼻尖。他的雙肩和胸前積著白雪，皮箱上也覆蓋了一層。他踉蹌著走進車馬旅店，半死不活地把箱子一扔，喊道：「生堆火吧。行行好！一間房和一堆火！」他在酒吧間裡跺跺腳，抖落身上的積雪，接著跟隨霍爾太太到客廳裡談房錢。他沒有再發一言，把兩金鎊朝桌上一扔，便在車馬旅店住了下來。

霍爾太太生好爐火，把他撂在屋裡，親自給他做飯去了。真是交了天大的好運，大冬天的居然有客人來伊平[1]投宿，更難得的是這位客人不討價還價。她決心露一手，讓自己配得上這份好運。

霍爾太太向做事慢吞吞的幫手米莉拋了幾個輕蔑的眼色，米莉的動作加快了一點。燻豬肉剛一下鍋，霍爾太太就把桌布、盤子和杯子端進客廳，花哨地擺起桌來。雖然爐火燒得很旺，但她驚訝地發現這位客人衣帽未脫，背對著她，凝視著窗外院裡的飄雪。他戴著手套的雙手緊緊背在身後，似乎陷入了沉思。融化的雪水從他的肩頭滴落到她的地毯上。

「先生，要把您的帽子和大衣拿到廚房裡烘乾嗎？」

「不用。」他頭也不回地說。

她不確定自己有沒有聽清楚，打算再問一遍。

他轉過頭看著她。「我更願意穿戴在身上。」他加重語氣說道。她注意到他戴著一副發出側光的藍色護目鏡，加上大衣領口上方濃密的絡腮鬍子，完全遮住了他的臉。

「那好吧，先生，」她說：「隨您的便。房間一會兒就會暖和起來。」

1 伊平（Iping），真實存在的一個村子，位於西薩塞克斯郡米德赫斯特鎮西北數英里。赫伯特．喬治．威爾斯曾在米德赫斯特文法學校擔任學生助教。

他沒有作答，又把臉轉了過去。霍爾太太感覺自己問得不是時候，便匆匆擺好餐具，急忙離開房間。她回來的時候，他仍然像個石頭人一樣杵在那裡，背弓著，衣領豎著，溼淋淋的帽簷向下翻著，把臉和耳朵全遮沒了。她重重地放下雞蛋和熏豬肉，不是對他說而是對他喊道：「先生，午餐給您端來了。」

「謝謝你。」他馬上答道，但依然一動不動，直到她離開，關上門。接著他突然轉過身，走向桌子。

霍爾太太從酒吧間後面向廚房走去，聽到一個聲音有規律地重複響起。吱吱、吱吱、吱吱，是湯勺在盆子裡快速攪拌的聲響。「這女孩！瞧！我忘得一乾二淨。她磨蹭多久了！」霍爾太太親自把芥末拌好後，對米莉拖拖拉拉的態度狠狠數落了一番。她都做好火腿和雞蛋了，桌子也擺好了，什麼都做完了，而米莉呢，連芥末都沒拌完，真會幫忙啊！他是新房客，想在這裡住下來！她把芥末瓶裝滿，然後一本正經地放在黑金兩色的茶盤上，端著走向客廳。

她叩了幾下門就進去了。就在這時，她的訪客迅速移動身子，所以她只瞥見一個白色的物體消失在桌子後面，像是在地上揀什麼東西。她把芥末瓶放到桌上，這才注意到他的大衣和帽子已經脫掉，放在壁爐前的椅子上。一雙溼靴子讓她的壁爐擋板有生鏽的危險。她堅決地走過去，用一種不容否認的聲音說：「現在可以把這些東西拿去烘乾了吧。」

「把帽子留下。」訪客的聲音含糊不清。她轉過身，見他抬起頭來，坐在那裡看著她。

她頓時瞠目結舌，驚訝得說不出話來。

他用一塊白布（**他自己帶來的一塊餐巾**）把嘴和下巴捂了起來，所以他剛才說話才含糊不清。但嚇壞霍爾太太的不是這個，而是他的藍色護目鏡上方的前額和耳朵各被一條白色的繃帶纏著，整個臉部沒有一丁點露在外面，除了粉紅的尖鼻子外。他的鼻子和剛來時一樣粉紅得發亮。他穿著深褐色的天鵝絨短上衣，黑色的亞麻高領遮住脖子，濃密的黑色鬍鬚從十字形繃帶的中間和下面掙脫出來，像古怪的尾巴和犄角，你根本沒法想像那副模樣有多怪異。這個纏著繃帶的腦袋完全出乎她的意料，一時間嚇得她呆若木雞。

他沒有把餐巾拿開，她注意到那隻手上戴著褐色手套。他透過神祕的藍色護目鏡打量著她。「把帽子留下。」他的聲音穿過白布，聽得很清楚。

霍爾太太從震驚中緩過神來，把帽子放回壁爐邊的椅子上。「我不知道，先生，那個——」她尷尬地打住了。

「謝謝。」他冷冷地說，目光從她身上移到門口，又移回她身上。

「我馬上就去把這些東西好好烘乾，先生。」她拿著衣服走了出去。出門時，她又朝纏著白色繃帶的腦袋和藍色護目鏡瞥了一眼，那條餐巾依然遮住下半張臉。關上門後，她顫抖了一下，滿臉都是驚訝和困惑的神情。「我從來沒——」她小聲嘀咕道：「天哪！」她輕輕地走到廚房，只顧想著心事，都忘了數落米莉又在磨蹭什麼了。

這位訪客坐在那裡，聽著腳步聲漸漸遠去，接著探究地瞥了一眼窗戶，這才放下餐巾，繼續吃飯。他吃了一口，狐疑地望向窗戶，又吃了一口，然後站起身來，手裡拿著餐巾。他穿過房間走到窗前，把窗簾拉到最下面有白紗遮住的窗格。房間暗了下來，他這才輕鬆了些，坐回桌邊繼續吃飯。

「這個可憐人不是出了意外，就是動了手術，」霍爾太太說：「哎呀，那繃帶可把我嚇壞了！」

霍爾太太添了些煤，攤開晾衣架，把他的大衣掛在上面。「還有那副護目鏡！哪裡像人類，倒像個潛水頭盔！」她把他的厚圍巾掛在晾衣架的一角。「一直拿手帕捂著嘴，隔著它說話！……也許他的嘴巴也受傷了。也許吧。」

她轉過身，像是突然想起了什麼。「我的天哪！」她突然轉換話題，「米莉，馬鈴薯還沒燒好嗎？」

霍爾太太認為他一定是在意外事故中割傷了嘴或破了相。幫他收拾餐具時，她的猜測得到了證實。當時他在抽菸斗，但始終沒有解下裹住下半張臉的布巾。他不是記性不好，因為菸絲燒完時他分明看了菸絲一眼。他坐在角落裡，背對著窗簾，吃飽喝足了，身子也暖和起來，說話不再像剛才那般咄咄逼人。紅紅的爐火映在他的大眼鏡上，給它增添了原先缺乏的生氣。

「我有些行李，」他說：「放在布蘭布林赫斯特車站。」他詢問怎麼才能送過來。他很有禮貌地低下纏著繃帶的頭，向她的解釋表示感謝。「明天！」他說：「不能更快點嗎？」當她回答說「不能」的時候，他似乎很失望。她很確定嗎？這裡沒有馬車夫會過去？

霍爾太太樂於回答他的問題。「去那裡的路很陡，先生。」這是在回答關於馬車的問題，然後她藉機說道：「一年多前，那條路上翻了一輛馬車。除了馬車夫，還死了一位紳士。先生，意外隨時都會發生，對吧？」

但這位訪客的注意力沒那麼容易被吸引。「對。」他隔著布巾說道，雙眼從那副無法穿透的眼鏡後面靜靜地打量著她。

「但需要很久才能康復呢，對吧，先生？我姊姊的兒子湯姆在乾草地裡摔了一跤，手被鐮刀劃破了，我的天！包紮了三個月，先生。你都不敢相信的。現在我看到鐮刀，心裡就發慌，先生。」

「我完全能理解。」訪客說。

「他一度擔心自己得動手術，他傷得很厲害，先生。」

訪客突然笑了起來，一聲大笑，跟狗吠似的。「是嗎？」他問。

「是的，先生。這可不是鬧著玩的，我姊姊要照顧她的其他孩子，於是我便去照顧湯姆，得纏繃帶，還得解繃帶。所以我冒昧地問一句，先生——」

「能給我些火柴嗎？」客人突然開腔道，「我的菸斗熄了。」

霍爾太太正在講自己做了哪些事情呢，突然就被打斷了，真是沒有禮貌。她驚愕地看了他片刻，想起那兩個金鎊，便去取火柴了。

「謝謝。」她把火柴放下時，他只吭了一聲，便又轉過身望向窗外。這太讓人洩氣了。他顯然對手術和繃帶的話題很敏感。霍爾太太終究沒有「冒昧地問下去」，不過他那副不理不睬的態度惹惱了她，連累米莉那天下午吃了些苦頭。

客人在房裡一直待到下午四點，連鬼魂都沒找到進去的藉口。他大部分時間都一動不動，房間越發昏暗，他似乎坐在爐火旁抽菸斗，或者是打瞌睡。

好奇的偷聽者能聽到他加了一兩次煤，在屋裡來回踱了五分鐘，像是在自言自語。接著就聽扶手椅發出吱嘎一聲，他又坐了下來。

第二章
泰迪．亨弗利先生的第一印象

下午四點鐘，天已經相當黑了。霍爾太太鼓足勇氣，打算去問客人要不要喝茶，這時鐘錶匠泰迪．亨弗利走了進來。

「天哪！霍爾太太，」他說：「對穿薄靴子的人來說，這天氣真是糟透了！」外面的雪越下越大了。

霍爾太太表示贊同。「既然你來了，泰迪先生，」她注意到他帶著工具包，「請幫我看看客廳裡那臺舊鐘。它走倒還能走，敲起來也很響亮，就是時針指著六點不動。」

她領著鐘錶匠走到客廳門口，敲了幾下便推門進去了。

她看到客人坐在爐火前的扶手椅上，纏著繃帶的腦袋垂在一邊，像是在打瞌睡。房間裡僅有的光亮是爐火發出的紅光，以及從敞開的門口鑽進來的這一天的最後一絲暮光。那紅光像鐵路信號燈一樣照亮了他的眼睛，也把那張垂頭喪氣的臉留在了黑暗中。

一切都顯得紅通通、朦朦朧朧、模模糊糊的，尤其她剛點亮酒吧間的燈，眼睛還花著呢。有那麼一瞬間，她似乎看到那個男人張開血盆大口，把他的下半張臉囫圇吞下。那就是剎那間的感覺：纏滿白繃帶的腦袋，醜陋駭人的護目鏡，還有下面張開的巨嘴。隨後他挪動了一下身子，抬起手來。霍爾太太把門開大，讓房間裡明亮些，這時她看得真切了：他用厚圍巾捂著臉，像之前拿餐巾捂著臉一樣。看來她是上了陰影的當。

「這個人來看一下鐘好嗎，先生？」她從短暫的震驚中恢復過來。

「看鐘？」他睡眼惺忪地環視四周，捂著嘴說話，然後他完全清醒了，「當然好。」

霍爾太太出去拿燈，他站起來伸了個懶腰。接著燈來了，泰迪．亨弗利先生進了房間，和纏著繃帶的人迎面遭遇。他說他當時「大吃一驚」。

「午安。」陌生人打量著他說。亨弗利先生後來生動地跟別人描述道，他戴著那副護目鏡，「活像龍蝦」。

「希望沒有打擾到您。」亨弗利先生說。

「絲毫沒有，」陌生人說著，轉向霍爾太太，「不過據我所知，這間房是供我私人使用的。」

「先生，我以為您希望把這臺鐘——」霍爾太太準備說「修好」。

「當然，」陌生人說：「當然，但一般說來，我喜歡獨處，不被打擾。」

「不過我真的很高興有人來修鐘，」他看到亨弗利先生有些躊躇，「很高興。」亨弗利先生本打算道個歉就離開，聽到這話便安心留了下來。陌生人背對著壁爐站著，雙手放在背後。「待會兒，」他說：「等鐘修好後，我想喝點茶。記住，等鐘修好之後。」

霍爾太太正要出去——這次她沒有跟訪客搭話，免得在亨弗利先生面前出醜——不料訪客把她叫住，問她運送行李的事情有沒有安排好。她回答說已經叮囑過郵差了，運貨人明天就能把行李運送過來。

「不能再提前了嗎？」他問。

她說沒錯，態度冷冷的。

「剛才我又冷又累，沒來得及解釋，」他補充道：「我是做實驗的研究人員。」

「是嗎，先生？」霍爾太太肅然起敬。

「我的行李裡有儀器和設備。」

「那些東西大有用處，先生。」霍爾太太說。

「我急著繼續做研究。」

「當然，先生。」

「我來伊平的原因，」他以一種從容謹慎的語氣說道：「是渴望獨處。我不希望自己的工作受到干擾。除了工作外，還出了一個意外——」

「我也是這麼想的。」霍爾太太心中暗忖。

「——必須閉關一段時間。我的眼睛——有時候又累又痛，我不得不一連幾個鐘頭把自己關在黑暗中。把自己關起來。時而——不時。當然現在不用。那種時候，最小的干擾、有生人進屋，都能讓我感到極其不安——希望你們能夠理解。」

「當然，先生，」霍爾太太說：「我能否冒昧地問一下——」

「我要說的就這些。」陌生人擺出一副不由分說，到此為止的神態。霍爾太太只好收起她的疑問和同情，等待更合適的機會。

據亨弗利先生說，霍爾太太離開房間後，陌生人一直站在爐火前，盯著他修鐘。亨弗利先生不僅卸下指針和鐘面，還把機件拆了下來，他盡可能地慢條斯理，保持低調，不發出聲響。那盞燈緊挨著他，強烈的光線透過綠色的燈罩投射在他的手上、鐘框和齒輪上，房間的其他地方則是一片幽暗。他抬起頭來，眼前遊動著斑駁的光影。生性好奇的他把這臺鐘的機件也拆卸了下來——這完全沒有必要——他是在拖延時間，也許還能和陌生人聊會天。但是陌生人站在那裡，一言不發，一動不動。完全是一動不動，把亨弗利搞得心神不寧。他感覺屋裡就他一個人，於是抬頭望去，只見纏著繃帶的腦袋和巨大的藍色鏡片若隱若現，鏡片前還漂浮著一團薄霧般的綠色斑點。陌生人正目不轉睛地盯著他。那副模樣在亨弗利看來真是太離奇了，於是他倆就這麼木然地對視了一分鐘之久。隨後亨弗利低下頭來。多麼難堪的局面！他想找句話說，要不說說今年這個時候怎麼那麼冷？

他抬起頭，彷彿找到了開場白。「天氣——」他開始說。

「你幹嘛不修完就走？」那僵硬的人影顯然已經快按捺不住怒火了，「你把時針裝到軸上不就好了嗎？你在耍什麼花招——」

「當然，先生。再等一分鐘，先生。我沒注意到——」亨弗利修完就走了。

不過亨弗利離開時憤憤不平。「他媽的！」他一邊步履艱難地穿過消融的積雪，一邊自言自語地說：「我有時候必須修鐘啊，當然啊。」

「我不能看你嗎？醜八怪！」他又來一句。

「似乎不能。如果你是通緝犯，那你把腦袋纏得夠緊的。」他再補一句。

在格里森街的拐角處，亨弗利遇見了霍爾。霍爾的新婚夫人正是陌生人下榻的車馬旅店的老闆娘。他是在伊平駕駛馬車的，有時會應客人的要求送他們去西德布里奇車站，現在他正從那邊往回趕。從他駕車的樣子來看，他顯然在西德布里奇「喝了點兒」。

「你好嗎，泰迪？」霍爾寒暄道。

「你家來了個怪人！」亨弗利說。

「什麼情況？」霍爾客氣地停住馬車。

「車馬旅店來了個奇特的客人，」亨弗利說：「我的天哪！」

接著他向霍爾生動地描述起那個怪異醜陋的客人。「看樣子是喬裝過的，不是嗎？如果他來我家投宿，我得看到他的臉，」亨弗利說：「但女人就是容易輕信生人。他住進你的屋子，連名字都沒說，霍爾。」

「不會吧！」霍爾這人腦子轉得慢。

「會的。不管他是誰，這週你沒法趕他走。他說明天還有很多行李要運過來。但願箱子裡裝的不是石頭，霍爾。」亨弗利說。

亨弗利告訴霍爾，他在黑斯廷斯的姑媽被一個陌生人用一只空皮箱給騙了。總而言之，亨弗利一番話說得霍爾疑慮重重。「起來，老女人，」霍爾說：「我得回去弄個清楚。」

亨弗利邁著沉重的腳步繼續趕路，心裡倒是鬆了一口氣。

然而，霍爾回到家後，還沒來得及「弄個清楚」，就被妻子一頓痛罵，說他在西德布里奇耽擱太久。他溫和的詢問得到了暴跳如雷的答覆，而且離題萬里。儘管碰了一鼻子灰，懷疑的種子在霍爾先生心裡發芽了。「你們女人家什麼都不懂。」霍爾先生決定盡快摸清客人的身分。九點半左右，陌生人上床睡覺了，這時霍爾先生挑釁地闖進客廳，仔細查看妻子的家具，以昭示陌生人不是這裡的主人。霍爾還略帶輕蔑地審視了陌生人留下的一張數學計算表。臨睡前，他還囑咐霍爾太太，明天行李送來時要細細查看。

「你管好你自己的事，霍爾，」霍爾太太說：「我管好我自己的事。」

她老忍不住想罵霍爾幾句，因為這個陌生人確實怪誕，讓她心裡一點底都沒有。半夜裡，她夢見許多白蘿蔔一樣的大腦袋在後面追她，這些腦袋長在漫無盡頭的脖子上，上面還生著黑色的大眼睛。她驚醒了，但她是個理性的女人，她克服了自己的恐懼，翻了個身又睡過去了。

第三章 一千零一個瓶子

就這樣，二月九號這天，冰雪初融之時，這個不知來自何方的怪人降臨到了伊平村。翌日，他的行李從雪泥中運抵。非常引人注目的行李。兩個大行李箱，像尋常的旅客一樣，此外還有一箱書——全都又大又厚，有些書上的字跡令人費解——和十幾個板條箱、紙箱和木箱，裡面裝的東西用稻草捆紮著，霍爾出於好奇，扯開稻草後發現是玻璃瓶。開搬之前，霍爾聊了兩句閒話，就在這一刻，被帽子、大衣、手套和繃帶裹得嚴嚴實實的陌生人不耐煩地走了出來，迎接費倫賽德的馬車。他沒有注意到一旁費倫賽德的狗，牠正漫不經心地嗅著霍爾的腿呢。

「快把箱子搬進來，」陌生人說：「我已經等得夠久了。」

他走下臺階，朝著馬車後面走去，似乎想搬小些的板條箱。

可是費倫賽德的狗一看見他，就渾身狗毛倒豎，狂吠不止，他衝下臺階時，那條狗突然跳了一下，隨即直接朝他的手撲去。

「拿鞭子抽！」霍爾大叫一聲，向後跳開，他拿狗沒轍。

「躺下！」費倫賽德大吼一聲，隨後抄起他的鞭子。

他們看到狗的牙齒沒能咬住他的手，接著他們聽到了踢腿聲。就見狗一個側跳，咬住他的腿，伴隨著褲子撕裂的聲音。這時費倫賽德的鞭梢已經落到狗的身上，牠驚恐地尖叫著，躲到車輪下面去了。這是半分鐘裡發生的事。沒有人說話，每個人都在大喊。陌生人飛掃了一眼撕破的手套和自己的腿，似乎想彎腰查看腿的狀況。隨後他轉身衝上臺階，溜進了車馬旅店。他們聽到他穿過走廊，踏上沒鋪地毯的樓梯，進了他的臥室。

「你這個畜生！」費倫賽德提著鞭子從馬車上爬下來，那條狗透過車輪偷瞄他。

「你最好給我過來！」費倫賽德喝道。

霍爾瞠目結舌地愣在那裡。「他被狗咬了，」霍爾說：「我得去看看。」

霍爾快步向陌生人追去，在走廊裡撞到了霍爾夫人。「送貨人的狗，」他說：「咬了他。」

霍爾徑直上樓，陌生人的門半掩著。出於同情心，他顧不得禮節就推門而入。

窗簾拉著，屋裡很昏暗。他看到一樣無比奇特的東西朝他掄了過來，像是一隻沒有手的胳臂；他還瞥見一張白臉，上面有三塊模糊不清的大斑，活像蒼白的三色堇。緊接著他的胸口就挨了一記重拳，不由得倒退幾步，房門砰的一聲關上了，還鎖了起來。一切發生得如此之快，他還沒來得及看個清楚。只是覺得有個難以辨認的東西朝他揮來，接著就是一次重擊和一次震盪。站在昏暗的樓梯口，他回想著剛才究竟看到了什麼。

幾分鐘後，霍爾回到車馬旅店外的人群中。費倫賽德把事情的經過又從頭到尾講了一遍；霍爾太太說他的狗不應該咬她的客人；街道對面的雜貨商哈克斯特問個不停；鐵匠桑迪・韋傑斯跟法官似的作著評判；一旁的婦人和孩子發表著無聊的議論：「我不會讓牠咬到我的，我知道。」「就不該養這樣的狗。」「為什麼要咬他啊？」諸如此類。

霍爾先生從臺階上看著他們七嘴八舌，想到剛才在樓上目睹的怪事，越發覺得不可思議。但他的詞彙量著實有限，難以用言語具體描繪出來。

「他說他不需要幫忙，」霍爾回答妻子的問話道，「我們把他的行李搬進去吧。」

「得趕緊燒灼一下傷口，」哈克斯特先生說：「特別是發炎紅腫的話。」

「我會開槍斃了牠。我會這麼做。」一位女士說。

突然那條狗又低吼起來。

「快點，」一個憤怒的聲音從門口傳來，陌生人站在那裡，裹得緊緊的，領子上翻，帽簷下壓，「你們越早搬好我越高興。」據一位匿名的旁觀者說，他的褲子和手套都換了。

「您受傷了嗎，先生？」費倫賽德說：「非常抱歉，我的狗——」

「毫髮無損，」陌生人說：「皮都沒有傷到。快點把東西搬進去。」

據霍爾先生講，陌生人嘴裡罵了一句。

按照陌生人的吩咐，第一個板條箱直接抬進了客廳。他迫不及待地撲過去將它打開，完全無視霍爾太太家的地毯，稻草撒了一地。接著他從裡面取出了好多瓶子，有裝粉末的小胖瓶、裝有色和白色液體的小細瓶、貼著「有毒」標籤的藍色凹槽瓶、頸細身圓的瓶子、綠色大玻璃瓶、白色大玻璃瓶、帶玻璃塞和磨砂標籤的瓶子、蓋著精緻軟木塞的瓶子、蓋著大塞子的瓶子、帶木蓋的瓶子、葡萄酒瓶、沙拉油瓶等等。這些瓶子成排地放在梳妝檯上、壁爐架上、窗下的桌子上、地板上、書架上，到處都是。布蘭布林赫斯特藥店裡的瓶子也不及這裡的一半。真是太壯觀了。一箱又一箱的瓶子，等到他把總共六個板條箱裡的瓶子全都取出來時，稻草已經堆得跟桌子一般高。除了瓶子之外，板條箱裡還裝有試管和一架包得很用心的天平。

板條箱悉數清空後，陌生人走到窗前開始工作。至於地上的稻草、熄滅的爐火、外面的那箱書，以及已經搬上樓的兩個大行李箱和其他行李，他絲毫沒有放在心上。

霍爾太太把晚飯端進來時，他正專心致志地埋頭工作，把瓶子裡的溶液滴到試管裡。她抹掉桌上的稻草，準備把托盤放到桌上時，也許看到了地板上的狀況，不由得重重一放。陌生人這才注意到了她。他半轉過頭瞄了一眼，又立刻轉了回去。她發現他的護目鏡摘下來了，放在旁邊的桌子上，她看到他的眼窩極其凹陷。他戴上護目鏡，轉過身來對著她。她正要抱怨地上的稻草，誰料被他搶先發難。

「希望你先敲門再進來。」他的語氣異常惱怒，像是他的一大特徵。

「我敲了，但似乎——」

「也許你是敲了。但我正在做研究——這項研究非常緊急而必要——容不得一點小小的干擾，比如門動了一下，我必須要求你——」

「當然，先生。那您可以把門鎖上。隨時都可以。」

「好主意。」陌生人說。

「這些稻草，先生，恕我冒昧說一句——」

「別說了。如果嫌稻草礙事，就記在我的帳上。」接著他朝她嘟噥了幾句，像是在罵人。

陌生人站在那裡，一手拿著瓶子，一手拿著試管，看起來古怪極了，一副咄咄逼人的暴躁模樣，把霍爾太太嚇得不輕。但她是個堅定的女人。「這樣的話，先生，我想知道您是怎麼打算的——」

「一先令。記我帳上。一先令應該夠了吧？」

「就這樣吧，」霍爾太太說著，開始鋪桌布，「當然，只要您滿意——」

他轉過身坐下，大衣領子對著她。

整個下午他都鎖著門工作，大部分時間屋裡寂靜無聲，霍爾太太證實了這一點。但是屋裡一度傳來震動聲和瓶子的撞擊聲，像是桌子被砸到了，還有一個瓶子被用力摔到地上，然後是來回的快速踱步聲。她害怕「出事」，就走到門口偷聽，不過沒有敲門。

「我繼續不下去了，」他咆哮道：「我繼續不下去了。三十萬，四十萬！天文數字！

我被騙了！這輩子都做不完！耐心！真有耐心！傻子和騙子！」

酒吧間傳來鞋釘敲打磚地的聲音，霍爾太太很不情願地走開，留下他一個人兀自獨白。等她回來的時候，房間裡又恢復了寂靜，只能聽到椅子細微的吱嘎聲和瓶子偶爾發出的叮噹聲。一切都已結束，陌生人回到了工作中。

她端茶進去時，看到屋角的凹鏡下有一堆碎玻璃，還有一處沒有擦乾淨的金黃色汙跡。她提醒訪客注意。

「記我帳上，」訪客怒氣沖沖說：「看在上帝的分上，別操心我。如果我弄壞了什麼，就記在我的帳上。」然後他繼續給面前練習簿上的一個清單打鉤。

「我告訴你們一件事。」費倫賽德神祕兮兮地說。臨近傍晚的時候，一堆人聚在伊平村的小啤酒館裡。

「什麼事？」泰迪・亨弗利問。

「你們說的那傢伙，就是被我的狗咬了的那位。嗯，他是黑人，至少他的腿是黑色的。我透過他褲子和手套的破洞看到的。我原以為會看到粉色的皮膚，不是嗎？嗯，完全不是。黑漆漆的。我告訴你們，就跟我的帽子一樣黑。」

「我的天哪！」亨弗利說：「太怪了。怎麼他的鼻子粉紅得跟顏料似的！」

「是啊，」費倫賽德說：「我知道。我是這麼看的：這個人身上長著黑白花斑，泰迪。黑一塊白一塊，斑斑塊塊的。他為此感到難為情。他是混血兒，可是膚色沒有混好，落得斑駁不均。我聽說過這種事情。在馬身上常見，大家都見到過。」

第四章
卡斯先生拜訪陌生人

我已經詳細講述了陌生人來到伊平村的情形，以便讀者理解他給大家留下的怪異印象。但除了兩件咄咄怪事外，在俱樂部節這一特殊日子到來之前，他在伊平的逗留是可以相當馬虎地一帶而過的。他和霍爾太太經常為了家裡的規矩拌嘴，不過每次他都能以額外付帳的權宜之計將她打發走，直到四月下旬他開始顯露出經濟拮据的跡象。霍爾不喜歡他，膽子壯上來的時候總會勸妻子把他趕走。但霍爾把對他的厭惡隱藏了起來，並且盡量避著他。

「到夏天再說吧，」霍爾太太睿智地說：「那時畫家就都來了。到時候再看。他可能有點專橫，但隨你怎麼說，他是按時付帳的。」

陌生人不去教堂，禮拜日和平日對他來說沒有區別，在裝束上也是一個樣。在霍爾太太看來，他工作起來斷斷續續的。有時他起得很早，一直忙個不停；有時他又起得很晚，一連幾個小時地在房間裡踱來踱去，發出焦躁不安的聲音，抽菸或睡在壁爐邊的扶手椅上。他和村外的世界沒有聯繫。他的脾氣仍然很不穩定，大部分時間裡，他表現得像是在遭受令人髮指的挑釁，有那麼一兩次，他突然發起狂來，狂暴地把東西折斷、打斷、撕碎或壓碎。他似乎遭受著最強烈的慢性刺激。他低聲自言自語的習慣愈發嚴重，霍爾太太雖然認真聽過，但沒能聽出個究竟。

白天他很少外出，但到了黃昏時分，不管天氣冷不冷，他都會裹得緊緊地出去走走，而且專挑最偏僻或被山坡和樹影遮蔽的路走。他帽簷下的藍色護目鏡和駭人繃帶臉常常從黑暗中突然冒出來，把一兩個回家的工人嚇得魂飛魄散。一天晚上，九點半左右，泰迪·亨弗利跌跌撞撞地從紅衣酒館裡走了出來，被那個陌生人骷髏般的腦袋嚇得顏面掃地——當時陌生人手裡拿著帽子，酒館門被推開的一瞬間，他被射出來的燈光突然照亮。那些在黃昏時看到他的孩子晚上會夢到妖怪。很難說得清是他比較不喜歡孩子還是孩子比較不喜歡他，反正他們彼此厭惡對方。

在伊平這樣的村莊裡，一個外貌和舉止如此惹眼的傢伙，必然會成為村裡人茶餘飯後的談資。他的職業到底是什麼，大家眾說紛紜。霍爾太太對這個問題很敏感。若是被人問及，她會謹慎地解釋說，他是一個「實驗研究人員」。每個音節她都發得小心翼翼，像是害怕掉進什麼陷阱。當被進一步問到什麼是「實驗研究人員」時，她會帶著一點優越感說，大多數受過良好教育的人都知道的，然後她會解釋說，他是「發明東西的」。她說她的訪客出過一次意外事故，臉和手暫時變了顏色，由於性情敏感，他不願意把這件事公之於眾。

在霍爾太太的背後，還有一種觀點認為他是一個罪犯，把自己包裹起來是為了逃避法律的制裁、躲過警察的眼睛。提出這個觀點的人是泰迪·亨弗利先生。從二月中旬起，沒聽說過有罪案發生。在國民學校的實習助教古爾德先生看來，這個陌生人是一個喬裝的無政府主義者，正在製造炸藥。他決心在時間允許的情況下偵查一番。每次遇到這位陌生人，古爾德先生都上上下下地打量他，與此同時，他也向沒見過陌生人的村民拋出關於他的誘導性問題。最終古爾德先生一無所獲。

還有一派人支持費倫賽德先生的觀點，即陌生人身上長著黑白花斑，諸如此類。塞拉斯·德根斷言：「如果他願意去市集上拋頭露面，他會一夜致富。」身為一名半吊子神學家，他把陌生人比作《聖經》裡那個把錢埋入地下的僕人[1]；另一種觀點認為陌生人是個無害的瘋子，這樣整起事件就迎刃而解了。

在持這些看法的人之中，也有騎牆派和妥協派。薩塞克斯人沒有迷信的傳統，直到四月初的事情發生後，村裡的人才開始迷信起來。即便如此，也只有女人才信。

但不管他們怎麼看他，伊平人在討厭他這一點上是一致的。他的暴躁易怒對城市裡的白領工作者來說可以理解，卻讓恬淡的薩塞克斯百姓驚詫不已。他發狂似的手勢時常嚇到村民。到了傍晚，他倉促的腳步聲會出現在僻靜的角落，從人家身邊匆匆掠過。對於好奇的試探，他會給予無情的打擊。由於他偏愛暮色，村民不得不早早關門，拉下窗簾，熄燈滅燭——誰喜歡過這種日子？他走在村裡的時候，別人會自覺地閃到一旁。等他走過去之後，調皮的年輕人會豎起衣領，壓低帽簷，神經質地跟在他後面踱步，模仿他神祕的舉止。當時有首名叫〈妖怪〉的歌很流行，薩切爾小姐在學校的一場音樂會上唱過，那場音樂會旨在為教堂籌錢買燈。每當陌生人出現時，就有人用口哨吹個把小節，音調不是略高就是略低。也有小孩跟在他後面叫「妖怪」，然後興高采烈地逃之夭夭。

全科醫生卡斯的好奇心被激發出來了。繃帶引起了他的職業興趣，一千零一個瓶子的傳說引發了他的妒忌。整個四月和五月，他都在尋找和這個陌生人聊天的機會。最後，在聖靈降臨週快要到來之際，他再也等不及了，便找了個藉口──說是要為村裡聘一名護士募捐──然後帶著認捐單登門拜訪。他驚奇地發現霍爾先生不知道客人的名字。「他說過，但我沒聽清楚。」霍爾太太硬拗道，她的話根本站不住腳。她覺得不知道那個人的名字未免顯得太蠢了。

卡斯叩了叩客廳的門便進去了，裡面清晰地傳來一句咒罵聲。「抱歉打擾了。」卡斯說著關上門，接下來他們的對話霍爾太太就聽不清了。

她能聽到輕輕的談話聲，十分鐘後，一聲驚叫從裡面傳來，然後是腳步聲、椅子挪動聲和一聲大笑。接著就聽到有人朝門口衝來。卡斯出來了，臉色蒼白，手裡拿著帽子，眼睛盯著自己的肩膀。他沒有帶上身後的門，沒有朝她看一眼，大步流星地穿過門廳下

1 把錢埋入地下的僕人（the man with the one talent），典出《聖經》中的〈塔蘭特寓言〉。

了臺階。他走在路上的腳步聲很急促。霍爾太太看著客廳敞開的門，忽然聽到陌生人悄悄笑了一下。他在房裡走動，她看不見他的臉。房門砰的一聲關上，這地方又安靜下來了。

卡斯直接跑到村裡的邦廷牧師家去了。

「我瘋了嗎？」他走進牧師破舊的小書房，唐突地問道：「我看起來像瘋子嗎？」

「怎麼了？」牧師說著，把菊石放在下一次布道的幾頁講稿上。

「旅店裡那傢伙——」

「他怎麼了？」

「給我來點喝的。」卡斯說著，坐了下來。

一杯廉價的雪莉酒（**好心的牧師僅有的飲料**）下肚，卡斯的情緒穩定了下來，開始講述剛才拜訪陌生人的經過。「我進了屋，」他喘著氣說：「要他為護士基金捐款。他抽著鼻子，手插在口袋裡，重重地坐到椅子上。我說我聽說你對科學感興趣，他說是，又抽了下鼻子。他不停地抽著鼻子，顯然最近得了可惡的感冒。怪不得把自己裹成那樣！我嘴裡講著護士的事情，眼睛一直在掃視周圍。到處都是瓶子和化學品，還有天平和試管，以及一股夜來香的味道。我問他捐嗎？他說會考慮一下。我直截了當地問他是否在做研究，他說是。『是一種長期研究嗎？』我繼續問道。他突然生氣了。『一種該死的長期研究。』他回答道，可以說是勃然大怒。『哦。』我說。接著他跟我大吐苦水——他正一肚子氣呢，我這一問讓他爆發了出來。他說有人給了他一個方子，最值錢的方子，但究竟是什麼方子他不肯說。是藥方嗎？『去你媽的！你探聽這個幹嘛？』我道了歉。他不失尊嚴地抽了下鼻子，咳嗽了一聲。接著他繼續說道，他看了那張方子，有五種成分組成。他把方子放下，轉過頭，這時從窗外吹進一陣風，把方子掀了起來，沙沙地響著。他說他在一個有壁爐的房間裡工作，就見火苗一躥，方子燒著了，朝上面的煙囪升去。他衝向壁爐，但為時已晚。所以！說到這裡，為了讓故事更加生動，他伸出了一隻手臂。」

「然後呢？」

「沒有手，袖管空的。天哪！我以為他是殘障人士！裝了一隻軟木假手臂，現在卸下來了。但我又覺得有哪裡不大對勁，如果裡面什麼都沒有，袖管怎能舉起來，袖口怎能張開？我告訴你，裡面空空如也。一直到關節都是空的。我直接看到了肘部，衣袖裂開的地方還透出亮光呢。天哪！我叫道。他停了下來，透過黑漆漆的護目鏡盯著我，再盯向自己的袖子。」

「然後呢？」

「就這些。他瞪了我一眼，一句話也沒說，迅速把袖子放回口袋裡。『我說到方子燒著了，是吧？』他咳嗽了一聲說。『你到底是怎麼移動空袖子的？』我問。『空袖子？』他說。『是的，一隻空袖子。』」

「『一隻空袖子，是嗎？你看到的是一隻空袖子嗎？』他立刻站了起來。我也站了起來。他緩慢地向我走了三步，站得離我很近。接著他惡意地抽了下鼻子。但我沒有畏縮。我敢打包票，如果那繃帶頭和護目鏡是在緩慢地向你逼近，你肯定會嚇得不知所措。」

「『你說這是一隻空袖子？』他問。『當然。』我說。一個沒戴面具和護目鏡的男人被一個頭上纏滿繃帶、戴著護目鏡的男人一聲不吭地盯著，真的毫無優勢可言。然後他靜靜地從口袋裡拉出袖管，向我舉起手臂，似乎要讓我再看一次。他的動作非常緩慢。我盯著他的袖子看，時間顯得那麼漫長。『嗯？』我清了清嗓子說：『裡面什麼都沒有。』我不得不說些什麼。我開始害怕。我能看到袖子深處。他把袖口伸向我，慢慢地，慢慢地，直到離我的臉只有六英寸。太怪異了，看著一個空袖子向你慢慢伸過來！然後——」

「然後怎樣？」

「有什麼東西——感覺明明是一根手指和一根大拇指——捏了我的鼻子。」

邦廷笑了起來。

「那裡什麼都沒有！」說到最後一個字的時候，卡斯的聲音變成了尖叫，「你就笑吧，但我告訴你，當時我嚇死了，猛打他的袖口，轉身逃出房間——我離開了他——」

卡斯停下不說了。他的驚慌絕不是裝出來的。他無助地轉過身來，又喝了一杯傑出牧師的劣質雪莉酒。

「我擊打他的袖口時，」卡斯說：「我告訴你，感覺就像打了一隻手臂。然而並沒有手臂！連個手臂的鬼影子都沒有！」

邦廷先生認真考慮了一下，用懷疑的目光看著卡斯。邦廷先生看起來睿智又嚴肅。

「這故事太奇特了，」邦廷強調說：「真的很奇特。」

第五章 牧師家遭竊

牧師家遭竊的事主要是牧師夫婦傳出來的。事情發生在聖靈降臨節的凌晨，那是伊平人歡慶俱樂部節的日子。邦廷太太突然從黎明前的寂靜中驚醒，她明顯感覺到臥室的門開了又關上了。起先她沒有喚醒丈夫，而是坐在床上聽動靜。接著她清楚地聽到「啪嗒、啪嗒、啪嗒」的腳步聲，像有個人赤著腳從隔壁梳妝室走出來，沿著走廊走向樓梯。確定沒聽錯後，她盡可能輕地把牧師搖醒。邦廷先生沒有點燈，只是戴上眼鏡，披上夫人的睡衣，趿著拖鞋走到樓梯口去聽個究竟。他一清二楚地聽到樓下有人在書桌上胡亂摸找，然後打了個很響的噴嚏。

他回到臥室，抄起一根撥火棒，躡手躡腳地沿著樓梯往下走。這時邦廷太太走到了樓梯口。

當時大約是凌晨四點，夜間最黑暗的時刻已經過去。門廳裡有一道微弱的亮光，不過書房門口依然漆黑一團。四周一片寂靜，只有邦廷先生下樓梯發出的輕微嘎吱聲和書房裡傳來的輕微聲響。然後就聽啪的一聲，抽屜打開了，還有嘩啦嘩啦翻動文件的聲音。接著是一聲咒罵，一根火柴劃亮了，黃色的光照亮了書房。透過門縫，邦廷先生看到了書桌、打開的抽屜和桌上燃燒著的蠟燭，唯獨看不到那個小偷。他站在門廳裡，不知如何是好。邦廷太太跟在他後面輕手輕腳地下了樓，她臉色煞白，露出一副急切的神情。邦廷先生相信這個竊賊是本村的居民，所以倒沒有多害怕。

邦廷夫婦聽到了錢幣叮噹作響的聲音，意識到小偷已經找到了他們藏錢的地方——那裡共計有兩鎊十先令（全是半鎊的金幣）。聽到這個聲音，邦廷先生突然來了勇氣，他緊握撥火棒衝進書房，邦廷太太緊隨其後。「投降！」邦廷先生怒吼道。然後他就驚呆了。屋裡顯然空無一人。

但他們明明聽到有人在屋裡走動。他們目不轉睛地注視了半分鐘，接著邦廷太太穿過屋子到屏風後面查看，出於同樣的衝動，邦廷先生也彎腰凝視書桌底下。然後邦廷太太把窗簾翻了過來，邦廷先生抬頭看向煙囪，用撥火棒探了探。再然後邦廷太太仔細查看了廢紙簍，邦廷先生打開了煤斗的蓋子。最後他們停了下來，彼此用充滿疑問的目光看著對方。

「我可以發誓——」邦廷先生說。

「蠟燭！」邦廷先生問：「誰點的蠟燭？」

「抽屜！」邦廷太太說：「錢不見了！」

她急忙走到門口。

「竟然有此等怪事——」

走廊裡傳來一聲劇烈的噴嚏聲。他們趕忙衝出去，廚房的門砰地關上了。「把蠟燭拿來。」邦廷先生走在前面說。這時他們都聽到門閂被匆匆拉開的聲音。

邦廷先生打開廚房前門的時候，透過洗滌室看到後門剛被打開，黎明的微光下，外面的花園顯得黑漆漆的。他確信沒有看到人出去。後門開了一會兒，然後砰的一聲關上了。邦廷太太手中的蠟燭忽明忽暗，那是她從書房裡拿來的。一分多鐘後，他們走進廚房。

廚房裡空蕩蕩的。他們把後門閂上，徹底檢查了廚房、食品儲藏室和洗滌室，最後走進地窖。他們把房子搜了個遍，依然連個影子都沒見到。

天亮了，這對著裝奇特的夫婦還在樓下驚訝著呢。蠟燭依舊搖曳不定，已經顯得多餘了。

第六章 瘋了的家具

聖靈降臨節的凌晨，在四下尋找米莉的一天開始之前，霍爾夫婦起了床，悄悄走向地窖。這是霍爾夫婦的祕密，他們要在自釀啤酒的濃度上動手腳[1]。剛進地窖，霍爾太太就發現忘記拿洋菝葜了。她是這件事的專家和主要操作者，所以霍爾識趣地上樓去拿了。

走到樓梯口，霍爾驚訝地發現陌生人的房門半開著。他走進自己的房間，按照老婆的指引找到了裝洋菝葜的瓶子。

霍爾帶著瓶子走到樓下，發現大門的門閂拉開著——大門關著但沒上鎖。他靈光一閃，把眼前所見和陌生人的房間以及泰迪·亨弗利的判斷聯繫到一塊了。他清楚記得昨晚老婆拉上門閂時，他就在旁邊舉著蠟燭。霍爾被驚得瞠目結舌，不禁拿著瓶子又上樓去了。他叩了叩陌生人的門，沒人應門。再叩，還是沒有反應。於是他推門而入。

如霍爾所料，床上是空的，房間裡也是空的。連思維遲緩的他都覺得不可思議的是，椅子上和床沿上散落著陌生人的那套衣服和繃帶。據霍爾所知，他只有那一套衣服。那頂闊邊大氈帽神氣活現地歪戴在床柱上。

霍爾站在那裡，聽到妻子的聲音從地窖深處傳來，音節在快速疊進，疑問的語調在句尾升高，這是西薩塞克斯鄉民急躁時的表現。「喬治！我要的東西拿到了沒有？」

霍爾轉過身來，急忙向她跑去。「珍妮，」他倚在地窖臺階的欄杆上說：「亨弗利說得對。他不在房間裡，並且大門的門閂被拉開了。」

起初霍爾太太沒聽懂。等她明白過來後，她決定親自去看看那間空屋。霍爾走在前面，手裡仍然拿著瓶子。「他人不在，」霍爾說：「衣服倒在的。一絲不掛地去幹嘛了？真是天大的怪事。」

他們走上地窖臺階的時候，都覺得自己聽到大門開了又關上了（後來獲得了證

1 這裡指霍爾夫婦在自釀啤酒中摻水，再用洋菝葜來掩蓋味道。

實），但他們看到大門關得好好的，也沒看見人影，就什麼也沒說。在走廊裡，霍爾太太跑到丈夫前面，搶先踏上樓梯。就在這時，有人在樓梯上打了個噴嚏。霍爾在妻子身後，跟她隔了六級臺階，以為是她打的。她則以為是霍爾打的。她猛地推開房門，掃視著房間。「太奇怪了！」她說。

霍爾太太聽到腦後傳來抽鼻子的聲音，跟她近在咫尺的感覺。她轉過身去，驚訝地看到霍爾還在離她十二英尺遠的樓梯口。不一會兒他就走到了她身邊。她彎下腰，把手放在枕頭上，然後伸到衣服下面。

「冷的，」霍爾太太說：「他已經起床一個多小時了。」

這時候，一件最不可思議的怪事發生了：床上的被褥聚在了一起，陡然形成一座小山峰，然後頭朝下跳到護欄上，就好像有隻手抓住被褥中央，用力往旁邊一扔。緊接著，陌生人的帽子從床柱上跳了下來，在空中畫了大半個圓圈，朝著霍爾太太的臉急衝過去。接著飛過來的是臉盆架上的海綿。椅子也不甘落後，把陌生人的衣服和褲子隨意拋到一邊，還發出神似那個陌生人的冷笑聲，隨後它翻轉過來，四條腿對著霍爾太太瞄準了片刻，便向她猛衝過來。她尖叫著轉過身，但椅子腿只是輕柔又堅決地抵在她的背上，把她和霍爾驅出房間。門砰的一聲關上了，同時上了鎖。椅子和床似乎跳了會兒勝利之舞，然後一切戛然而止。

在樓梯口，霍爾太太幾乎暈厥在丈夫懷裡。米莉被霍爾太太的尖叫聲驚醒了，她和霍爾先生費了九牛二虎之力才把霍爾太太抬下樓，再給她服用這種情況下常用的恢復劑。

「是鬼啊，」霍爾太太說：「那是一隻鬼，我在報紙上讀過。桌子椅子在蹦蹦跳跳！」

「再喝一口，珍妮，」霍爾說：「能讓你平靜下來。」

「把他鎖在外面，」霍爾太太說：「別讓他進來。我早就猜到了，我就知道。那鼓鼓的護目鏡、纏滿繃帶的腦袋、禮拜日從來不去教堂，還有那些瓶子——誰需要那麼多瓶子啊？他把鬼魂放進家具裡了——我的寶貝家具啊！小時候我親愛的媽媽經常坐那張椅子，現在它竟然跳起來攻擊我！」

「再喝一口，珍妮，」霍爾說：「你很煩亂。」

早晨五點，受霍爾夫婦之命，米莉穿過灑滿金色陽光的街道，去喚醒鐵匠桑迪．韋傑斯先生。轉達霍爾先生的問候，告知樓上的家具有多邪門。韋傑斯先生會來嗎？見多識廣、足智多謀的韋傑斯先生對此事深表憂慮。「我敢肯定那是巫術，」他說：「得用馬蹄鐵[2]對付他。」

韋傑斯先生來了，一副憂心忡忡的樣子。他們希望他帶大家上樓去房間看看，但他似乎一點也不著急，更願意在走廊裡討論。街道對面哈克斯特的學徒出來卸菸草窗的護窗板，也被叫來一起討論。幾分鐘後，哈克斯特先生自然也跟了過來。盎格魯-撒克遜人在議會裡治國的天賦開始顯現出來——只有高談闊論，沒有具體行動。「讓我們先瞭解事實，」韋傑斯先生堅持說：「我們得確認破門而入的正當性。你當然可以去撞破一扇完好的門，但一旦撞破它，就沒法讓它完好如初了。」

突然，樓上那間屋的門極為奇妙地自行打開了，他們吃驚地抬起頭來，見裹得緊緊的陌生人從樓梯上走了下來，不講道理的藍色大護目鏡盯著他們，比以往任何時候都更陰鬱、更木然。他僵硬而緩慢地走下樓梯，穿過走廊，眼睛始終盯著他們，最後他停下腳步。

「看那裡！」他說。他們的眼睛順著他戴著手套的手所指的方向看去，見地窖門口放著一瓶洋菝葜。然後他走進客廳，當著他們的面，突然而迅速地，狠狠把門砰地關上。

直到最後一聲回音消失，才有人開口說話。他們彼此對視著。「嗯，如果還有比這更奇怪的事情——」韋傑斯先生把後半句話咽了下去。

「我要進去問一聲，我需要一個解釋。」韋傑斯對霍爾說。過了好一陣，女店主的丈夫才終於鼓起勇氣，走過去敲門。他打開房門，才說了句：「對不起——」

「滾開！」陌生人大吼道：「把門關上！」簡短的拜訪就這麼結束了。

2 馬蹄鐵在西方被認為具有對抗巫術的能力。

第七章 陌生人露出原形

陌生人於早晨五點半左右進了車馬旅店的小客廳，在那裡一直待到正午。窗簾拉著，房門關著，而且自從霍爾被無禮地拒絕後，誰也不敢冒風險去接近他。

這段時間他肯定沒吃東西。他搖了三次鈴，第三次的時候怒不可遏地搖個沒完沒了，但沒人理會。「讓他見鬼去吧！」霍爾太太說。接著就有流言傳來，說牧師家遭竊了，於是兩件事就被聯繫到了一起。霍爾在韋傑斯的陪同下去找地方治安官沙克爾福斯先生，聽取他的意見。沒有人敢去車馬旅店樓上，陌生人在忙著做什麼不得而知。他時而大踏步地來回走動，其間破口大罵兩次，撕破紙張一次，暴力摔瓶一次。

一群好奇又害怕的村民開始聚集在車馬旅店，其中就有哈克斯特太太。幾個光彩照人的年輕人也來湊熱鬧，困惑地問這問那，這天是聖靈降臨節，所以他們穿著黑西裝，打著皮克紙領帶。一個名叫阿奇·哈克的顯得與眾不同，他跑進院子，從窗簾下往裡偷看。他什麼也沒看到，卻自稱看到了，於是其他幾個年輕人也跟他一起看。

這是你能見到的最棒的聖靈降臨節。村裡的街道兩旁擺了十幾個攤子和一個靶場。鐵匠鋪旁邊的草地上停著三輛黃色和巧克力色的馬車，幾個有型的陌生男女正在搭建打椰子遊戲的攤子。紳士穿著藍色針織套頭衫，女士繫著白圍裙，戴著插滿羽毛的時髦帽子。兼售二手腳踏車的鞋匠賈格爾斯先生和紫鹿酒館的沃傑正在街道兩旁拉一根掛著英國國旗和王室旗的繩子，這些旗子原先是為慶祝維多利亞女王即位五十周年準備的……

客廳裡一片漆黑，只有一線陽光照進人為的黑暗。陌生人一定又餓又怕，他藏在又熱又難受的繃帶裡，透過深色的鏡片閱讀文件，把髒兮兮的小瓶子弄得叮噹作響，間或對著窗外看不見但聽得見的那些年輕人咒罵幾句。壁爐邊的牆角裡躺著半打摔碎的瓶子，空氣中夾雜著刺鼻的氯氣味。這就是我們當時聽到的和後來在屋裡看到的情況。

到了中午，陌生人突然打開房門，怒視著酒吧間裡的三、四個人。「霍爾太太。」他喊道。有人局促不安地去叫霍爾太太了。

過了一會兒，霍爾太太來了，呼吸有點急促，顯得氣勢洶洶。霍爾還在外面。她有備而來，手裡端著個小托盤，托盤上是一張未結清的帳單。

「先生，您是要這張帳單？」她問。

「為什麼不給我送早飯？為什麼不給我做飯？為什麼我搖鈴也不回應？你認為我不吃不喝也能活下去？」

「您為什麼不付帳？」霍爾太太說：「我想知道這個。」

「我三天前告訴過你，我在等一筆匯款——」

「我兩天前告訴過你，我不要等什麼匯款。你才等了一會兒早飯就牢騷不斷，而我等你付帳都等了五天了，你有什麼可抱怨的？」

陌生人爆了一句粗口，簡潔而生動。

「不，不。」有聲音從吧臺邊傳來。

「先生，如果你不說粗話，我會非常感謝，先生。」霍爾太太說。

陌生人站在那裡，比以往任何時候都更像一頂憤怒的潛水頭盔。吧臺邊的人普遍認為霍爾太太占了上風。他接下來說的話證明了這一點。

「看著，我的好女人——」他說。

「別叫我好女人。」霍爾太太說。

「我說了我的匯款還沒到——」

「真的有匯款呢！」霍爾太太說。

「不過，我想我的口袋裡有——」

「兩天前你說過，你身上就剩一鎊銀幣了——」

「好吧，我又找到一些——」

「呦呵！」又有聲音從吧臺邊傳來。

「不知道你從哪裡弄到的！」霍爾太太說。

這句話似乎讓陌生人大為惱火。「你什麼意思？」他跺著腳說。

「我好奇你從哪裡弄到的錢，」霍爾太太說：「在我給你結帳、送早飯等等之前，你得把一兩件事情給我講清楚，這件事情我弄不明白，而且所有人都急於弄明白。我想知道你對我的椅子做了什麼、你的房間怎麼是空的、後來你又是怎麼進去的。住這裡的人都是從門進來，這是車馬旅店的規矩，但你沒有這樣做，我想知道你究竟是怎麼進來的。我想知道——」

「住口！」陌生人突然舉起戴著手套的手，緊握拳頭，猛跺一腳，暴怒地吼道。霍爾太太立刻住嘴了。

「你不明白我是誰，我是什麼人，」他說：「我秀給你看。老天爺為證！我秀給你看。」他把手掌貼在臉上，然後抽回，臉的中央隨即變成一個黑洞。「給你。」他說。他走上前去，遞給霍爾太太一件東西。她凝視著那張變形的臉，不由自主地接了過去。當她看到那是什麼時，不禁大聲尖叫起來，把它扔在地上，踉蹌著向後退去。鼻子——是陌生人的鼻子！粉紅色的閃閃發亮的鼻子，在地板上滾動著。

接著他摘下了護目鏡，酒吧間裡的人全都在大口喘氣。他摘下帽子，狂亂地撕扯連鬢鬍和繃帶，這些東西一度扯不下來。一絲可怕的期盼掠過吧臺。「哦，我的天哪！」有人說。然後連鬢鬍和繃帶全被扯了下來。

不能更糟糕了。霍爾太太瞠目結舌、驚恐萬狀，尖叫著朝大門奔去。所有人都開始逃竄。他們做好了看到傷疤、毀容和有形的恐怖的心理準備，結果看到的卻是空氣！繃帶和假鬍穿過走廊飛進酒吧間，一個高大笨拙的小夥子連忙跳起來躲閃。大家你推我擠地從臺階上翻滾下來，因為那個在語無倫次地解釋、打著手勢的傢伙，衣領以下是血肉之軀，但是衣領以上空空如也，看不見任何東西！

村民聽到驚呼大叫，抬頭沿著街道望去，見車馬旅店裡的人正在拚命奔逃。他們看見霍爾太太跌了一跤，泰迪．亨弗利先生跳了起來，以免摔倒在她身上。接著便傳來米莉的尖叫聲，她聽到喧嘩聲後從廚房跑出來，正巧看到無頭陌生人的後背。

街道上所有的人立刻朝車馬旅店跑去，糖果小販、打椰子遊戲攤子的老闆和他的幫手、鞦韆攤位的老闆、小男孩小女孩、鄉村花花公子、漂亮的小姐、穿著罩衣的老人，還有繫著圍裙的吉卜賽人。一眨眼的工夫，霍爾太太的旅店外就聚集了大約四十個人，他們搖擺著、嚷嚷著、詢問著、建議著，每個人都急於發言，結果是一片嘈雜。有幾個人把倒在地上的霍爾太太攙扶起來，安慰著她。有人困惑不解，也有目擊證人大聲喊出讓人難以置信的證詞。

「他是怪物！」

「所以，他在幹嘛？」

「他沒傷到那女孩吧？」

「他正拿著刀追她，我相信。」

「他不長腦袋，我告訴你們。我不是說他說話不長腦袋，他就是不長腦袋！」

「胡扯！那是變魔術。」

「他扯下繃帶，腦袋就——」

他們爭搶著從敞開的大門口往裡觀瞧，人群形成一個散亂的楔子形，膽子最大的那位占據著頂端。「他站了一會兒，我聽到那女孩尖叫起來，他轉過身去。她的裙子一拂，他就追了上去。十秒鐘不到他就回來了，手裡拿著一把刀和一條麵包，站在那裡像在盯著看。他剛從那扇門進去了。我告訴你們，他根本就沒長腦袋，你們都錯過了——」

後面一陣騷動，說話的那位住嘴了，他閃到一邊，給一小隊人馬讓路。他們邁著堅定的步伐走向門口，先是滿臉通紅、神色堅決的霍爾先生，後面是村警鮑比．傑弗斯先生，接著是謹慎的韋傑斯先生。他們手上有逮捕令。

大家大聲訴說著剛才發生的情況，說法大相徑庭。「不管他長沒長腦袋，」傑弗斯說：「我都得逮捕他。我要逮捕他。」

霍爾先生大步走上臺階，徑直走向客廳，發現門開著。

「警官，」他說：「盡您的責任吧。」

傑弗斯走了進去，接著是霍爾，最後是韋傑斯。昏暗的光線下，他們看到一個面朝他們的無頭身影，戴著手套的手一隻拿著一片啃過的麵包皮，另一隻拿著一塊乳酪。

「就是他！」霍爾說。

「這究竟是怎麼回事？」從那人的衣領上方傳來憤怒的抗議聲。

「你是個該死的怪房客，先生，」傑弗斯先生說：「不管你有沒有腦袋，逮捕令上寫的是『身體』。公事公辦——」

「別過來！」那人說著，向後退去。

他突然扔掉手中的麵包和乳酪，霍爾先生搶先一步抓住桌上的刀。陌生人脫下左手的手套，甩在傑弗斯臉上。傑弗斯馬上中斷關於逮捕令的陳述，一把抓住陌生人沒有手的手腕，同時扼住他看不見的喉嚨。傑弗斯的小腿挨了洪亮的一腳，痛得大叫起來，但他依然緊抓不放。霍爾把刀從桌上滑給韋傑斯，韋傑斯的樣子活像準備進攻的守門員。當扭在一起的傑弗斯和陌生人踉蹌著朝霍爾衝來時，霍爾走上前去，揪住陌生人一頓猛打。一把椅子擋住了去路，他們一起摔在上面，就聽砰的一聲，椅子倒在了一邊。

「抓住他的腳。」傑弗斯咬著牙說。

霍爾先生正努力照辦，肋骨上又挨了響亮的一腳，一時間沒了還手之力。韋傑斯先生見無頭怪人翻轉過來壓在傑弗斯身上，便提著刀向門口撤退，不料前來維護治安的哈克斯特先生和西德莫頓村的馬車夫這時正好進門，和韋傑斯撞了個滿懷。與此同時，三、四個瓶子從梳鏡櫃上掉了下來，一股刺鼻的氣味頓時彌漫了整個屋子。

「我投降。」陌生人喊道，雖然他已經制服了傑弗斯。過了片刻，他氣喘吁吁地站了起來。多麼奇怪的身影，沒有頭，也沒有手，因為他也把右手的手套摘下來了。

「沒救了。」他說，像是在抽泣。

那話音像是從真空地帶飄來的，聽起來太奇怪了。但是薩塞克斯的鄉民也許是天底下最處事不驚的人。傑弗斯站起身，拿出手銬，然後他反應了過來。

「我說！」傑弗斯感覺到整件事出乎常理，便收起手銬說：「該死！我看這手銬沒法用了。」

陌生人把手伸到背心前，就見空袖口所到之處，鈕扣奇蹟般地一一解開。他嘀咕說小腿不舒服，彎下腰，像在摸索著鞋子和襪子。

「哎呀！」哈克斯特突然叫起來，「他根本不是一個人，而是一套空衣服。瞧！你能看到衣領下面和衣服的襯裡。我可以把我的手伸——」

他說著伸出手去，卻驚叫一聲又縮了回來，似乎在半空中碰到了什麼東西。「你的手指戳到我眼睛了，」真空中的聲音惡狠狠地抗議道，「事實上我整個人都在這裡，我的頭、手、腿，還有身體的其他部位，只不過你們看不見我。這實在是討人嫌，但我就是隱形的。不能因為這個，愚蠢的伊平鄉巴佬就個個都想把我戳成碎片，對不對？」

那套衣服的鈕扣此時已全部解開，鬆鬆垮垮地掛在看不見的支架上，雙手叉腰地站著。

屋裡又進來幾個男人，所以變得很擁擠。「隱形人，嗯？」哈克斯特不理會陌生人的辱罵，「有誰聽過這種事情？」

「也許是很奇怪，但又不犯法。警察憑什麼襲擊我？」

「啊！那是兩碼事，」傑弗斯說：「毫無疑問，我們是看不到你，不過我有逮捕令，這是完全正確的。我要抓的不是隱形人，而是入室竊賊。有戶人家遭竊了。」

「嗯？」

「種種跡象表明──」

「胡說八道！」隱形人說。

「希望如此，先生。但我受命而來。」

「好吧，」隱形人說：「我跟你們走，我會跟你們走。但別銬我。」

「這是例行公事。」傑弗斯說。

「別銬我。」隱形人說。

「抱歉。」傑弗斯說。

他突然坐了下來，大家還在發呆呢，他就已經把拖鞋、襪子和褲子脫了下來，踢到桌子底下。然後他跳起來，將外套甩到一旁。

「喂，別脫了！」傑弗斯猛然意識到發生了什麼事。他一把抓住背心，背心掙扎了一番，襯衫滑了出來，他手裡只剩下一件又軟又空的背心。

「快抓住他！」傑弗斯大喊道，「一旦他把衣服都脫光——」

「快抓住他！」所有人都喊著衝向那件飄動的白襯衫，它是目前陌生人全身上下唯一能看到的東西了。

霍爾剛張開雙臂向他撲來，臉就被襯衫袖子擊個正著，整個人向後跌倒在教堂司事老圖斯桑姆懷裡。過了片刻，襯衫被舉了起來，劇烈地抖動著，兩隻空蕩蕩的袖管在上下擺動，像一個人從頭頂脫衣服一樣。傑弗斯緊緊抓著襯衫，不料反倒幫了他一把，把它扯了下來。接著他挨了一個大嘴巴，於是無法抑制地拔出警棍，卻狠狠敲在泰迪・亨弗利的腦袋瓜上。

「小心！」所有人都在大呼小叫地胡亂抵擋著，或是對著空氣亂打一氣。

「抓住他！把門關上！別讓他跑了！我抓到了！他在這裡！」完美的嘈雜聲不絕於耳。似乎每個人都同時挨了打，桑迪・韋傑斯向來世故，鼻子挨了記重拳後清醒了許多，打開門帶頭潰逃。其他人不由自主地跟在後面，一時間都擠在門口的角落裡動彈不得。毆打還在繼續。獨神論派信徒菲普斯被打斷一顆門牙，亨弗利的耳軟骨掛了彩。傑弗斯的下巴挨了一拳，他轉過身來，試圖抓住擋在他和哈克斯特中間的東西。他觸到一個強壯的胸膛。就在那一瞬間，這群掙扎前行、激動不已的人衝進了擁擠的門廳。

「我抓住他了！」被掐著脖子、氣都喘不過來的傑弗斯喊道。他踉蹌著從人叢中鑽出來，臉色發紫、青筋凸起，與看不見的敵人搏鬥著。

這場異乎尋常的打鬥迅速地向大門席捲而去，大家左閃右躲地避讓著。接著就沿著旅店門前的六級臺階翻滾而下。傑弗斯聲嘶力竭地叫喊著，像被勒得快要窒息，但他仍然牢牢抓著對方不放，還用上了膝蓋。直到連打了幾個滾，腦袋重重地摔在礫石上，他才鬆開手指。

大家激動地叫喊著「抓住他」、「隱形人」，諸如此類。一個不知姓甚名誰的年輕人立刻衝上前去，抓住了什麼又脫了手，絆倒在村警俯臥的身軀上。街道中央有個女人被什麼東西推了一下，嚇得高聲尖叫。一條狗顯然被踢了一腳，尖叫著跑進哈克斯特的院子裡。隱形人就這麼逃逸了。大家驚奇地站在原地，比手畫腳了好一會兒，隨後便驚慌地四散奔逃，像狂風吹散枯葉一樣回到村裡的各個角落。

只有傑弗斯還一動不動地躺著，臉朝天，雙膝彎曲。

第八章
在途中

第八章極為簡短，講的是本地區業餘博物學家吉賓斯的經歷。當時他躺在開闊的綠色丘陵上，自認為方圓兩三英里內連個鬼影都沒有。但當他迷迷糊糊就要睡去時，突然聽到身旁有人咳嗽、打噴嚏，還自言自語地罵個不停。他環顧四周，卻什麼也沒看到。然而那個聲音無可爭辯地存在著。罵聲還在繼續，內容有廣度有趣味，聽得出是一個有學養的人。聲音越來越大，然後慢慢減弱，消失在遠處，似乎是朝著阿德丁方向去了。最後又傳來一陣痙攣性的噴嚏聲，這才復歸平靜。吉賓斯對當天上午發生的事情一無所知。這件奇事令他震驚不已，擾亂了他平和寧靜的心境。他趕忙起身，匆匆走下陡峭的丘陵，盡可能快地朝村裡走去。

第九章
湯瑪斯・馬維爾先生

我得這樣描繪湯瑪斯・馬維爾先生：豐富而柔軟的臉上凸著一個圓柱形的鼻子，好吃的大嘴蠕動個不停，上翹的鬍鬚甚為古怪。他體型偏胖，短小的四肢突出了這種傾向。他頭戴一頂毛茸茸的絲綢帽子，鈕扣常用麻繩和鞋帶代替，尤其是衣服的關鍵部位，這表明他根本就是個單身漢。

湯瑪斯・馬維爾先生坐在往阿德丁方向、離伊平約一英里半的綠色丘陵上，雙腳放在路邊的溝裡。腳上沒穿鞋子，只套著雙鏤空短襪，寬寬的大腳趾像警覺的狗的耳朵般豎著。他慢吞吞地——他做什麼都慢吞吞地——在考慮試穿一雙靴子。他很久沒見到狀況這麼好的靴子了，美中不足的就是偏大了些。另一雙靴子非常適合在乾燥的天氣裡穿，但是鞋底太薄，碰到陰雨天，麻煩就來了。湯瑪斯・馬維爾先生討厭過大的靴子，但他也討厭腳底溼漉漉的。他從沒好好想過更討厭哪一雙。這天的天氣真好，也沒有更好的事可做，於是他把四隻靴子整齊地放在草地上，打量著這些靴子。看著青草和蓬勃滋生的龍芽草中的這兩雙靴子，他突然覺得這些靴子都醜死了。當身後傳來說話聲時，他絲毫沒有被嚇到。

「總之是靴子。」那個聲音說。

「是的，討來的靴子，」湯瑪斯．馬維爾先生歪著腦袋，嫌惡地看著靴子說：「哪一雙是整個該死的宇宙中最醜的一雙，我他媽的真不知道！」

「嗯。」那個聲音說。

「我穿過更糟的，事實上，我還曾經不穿鞋。可沒有比這兩雙更醜的了，請允許我這麼說。這些天來我一直在討靴子，因為我討厭這兩雙靴子。當然，這兩雙靴子夠結實。但流浪的紳士見過太多靴子了。相信我，在這個該死的郡裡，我費了天大的勁，但除了這兩雙靴子外什麼都沒討到。看看這兩雙靴子！總而言之，這個郡的靴子很好。以前我的運氣還不錯，十年來我在這個郡討到不少靴子。但他們現在竟這樣對待我。」

「這個郡很惡劣，」那個聲音說：「人跟豬似的。」

「可不是？」湯瑪斯．馬維爾先生說：「上帝啊！但是他們的靴子！真的很棒。」

他轉過頭向右肩望去，想看看對方腳上的靴子，以便比較一下。啊！該有靴子的地方既沒有腿也沒有靴子。他又轉過頭向左肩望去，也沒有看到腿和靴子。他感到萬分驚奇。「你在哪裡？」湯瑪斯．馬維爾先生回頭四下張望，一骨碌爬了起來。他只看到一片空空的曠野，還有遠處風中搖曳著的綠頂的荊豆叢。

「是我喝醉了嗎？」馬維爾先生說：「還是產生幻覺了？我在自言自語嗎？到底怎麼——」

「別害怕。」那個聲音說。

「別用腹語對我說話，」湯瑪斯．馬維爾先生突然站起身來說：「你在哪裡？我害怕，真的！」

「別害怕。」那個聲音重複道。

「馬上就輪到你害怕了，你這個愚蠢的傻瓜，」湯瑪斯．馬維爾先生說：「你在哪裡？讓我看到你——」

「你埋在地下嗎？」湯瑪斯．馬維爾先生隔了一會兒說。

沒有人回答。湯瑪斯．馬維爾先生光著腳站在原地，驚愕不已，外衣都快扯掉了。

「皮喂——」一隻鳳頭麥雞在遠處鳴叫著。

「鳳頭麥雞，果真是！」湯瑪斯．馬維爾先生說：「沒工夫陪你胡鬧。」丘陵一片荒涼，周遭杳無人煙，由北向南的道路兩旁是淺淺的溝渠和白色的界樁，放眼望去平坦而空曠，除了那隻鳳頭麥雞外，連藍天也是空蕩蕩的。「上天作證，」湯瑪斯．馬維爾先生說著，把外衣披在肩上，「是我喝多了！我就知道。」

「你沒喝多，」那個聲音說：「你要保持鎮定。」

「噢！」馬維爾先生斑駁的臉變得煞白，「是我喝多了，」他的嘴唇無聲地翕動著。他睜大眼睛四處張望著，然後慢慢向後轉去，「我發誓，我聽到有人說話。」他低聲說。

「你當然聽到了。」

「又來了，」馬維爾先生說著閉上眼睛，以悲劇性的姿勢緊緊按住額頭。突然有人揪住他的衣領用力搖晃，讓他更加茫然不知所措。「別傻了。」那個聲音說。

「我——完全——瘋了，」馬維爾先生說：「這可不好。為了該死的靴子煩躁不堪。我他媽的完全瘋了，要不就是見鬼了。」

「兩者都不是，」那個聲音說：「聽著！」

「我瘋了。」馬維爾先生說。

「稍等片刻！」那個聲音變得很刺耳，因努力克制而微微發抖。

「嗯？」湯瑪斯·馬維爾先生說。他有一種奇怪的感覺，好像被一根手指戳到胸口。

「你以為我只是你的幻覺？是你的幻覺？」

「你不是我的幻覺是什麼？」湯瑪斯·馬維爾先生揉著後頸問。

「很好，」那聲音鬆了一口氣說：「那我就向你扔火石，直到你改變主意。」

「但是你在哪裡？」

那個聲音沒有作答。一塊火石颼的一聲從空中飛來，差一點就打到馬維爾先生的肩膀上。馬維爾先生轉過身，見一塊飛石猛然飛向空中，畫出一條複雜的弧線，然後飛速墜向他的雙腳。他驚訝得忘了閃避。火石擊中一根裸露的腳趾，反彈進了溝裡。馬維爾先生慘嚎一聲，單腿跳著跑了起來，被一個未被看見的障礙物絆倒，倒栽蔥摔坐在地上。

「現在，」那個聲音說，第三塊火石向上畫了道弧線，懸在流浪漢的頭頂上方，「我是你的幻覺嗎？」

馬維爾先生剛掙扎著站了起來，就被一把推翻在地。他靜靜地躺了一會兒。「你要是再掙扎，」那個聲音說：「我就用火石砸你的腦袋。」

「很公平，」馬維爾先生坐起身，握著受傷的腳趾，注視著第三塊石頭，「我不明白。石頭自己會飛，還能說話。把你自己放下來，爛掉吧。我糊塗了。」

第三塊火石掉了下來。

「很簡單，」那個聲音說：「我是個隱形人。」

「跟我解釋一下，」馬維爾先生痛得直喘氣，說：「你藏在哪裡？你是怎麼做到的？我不知道。把我完全弄糊塗了。」

「就是這樣，」那個聲音說：「我是個隱形人。我就是要你明白這一點。」

「這一點誰都明白。先生，你沒必要那麼不耐煩。喂，給我說說。你是怎麼藏起來的？」

「我是隱形人。這是重點。我要你明白的就是這——」

「可是你在哪裡呢？」馬維爾先生打斷道。

「這兒！在你前面六碼。」

「噢，別這樣！我又不是瞎子。接下來你要說你是空氣了吧。我可不是那種愚昧無知的流浪漢——」

「是的，我是空氣。你的目光正在穿透我。」

「什麼！你難道沒有肉身？說話聲是怎麼回事？嘰哩咕嚕的。只有說話聲？」

「我就是一個人——有血有肉，要吃要喝還要穿，但是別人看不見我。明白了嗎？我是隱形的。很簡單的道理。隱形的。」

「什麼，是真的嗎？」

「是真的。」

「那你把手伸過來，」馬維爾說：「如果你是實實在在的人，就不會那麼異常——上帝啊！你嚇了我一跳！抓得那麼緊！」

馬維爾感覺到一隻手緊緊抓住了他的手腕。他膽怯地用空出來的手順著手臂往上摸，輕輕拍了拍強壯的胸膛，摸了摸長著大鬍子的臉。馬維爾面露驚異之色。

「他媽的！」他說：「比鬥雞還有意思！太奇妙了！我能透過你看到半英里外的兔子！我一點都看不見你，除了——」

他仔細審視著眼前的空氣。「你剛才吃了麵包和乳酪，對不對？」他握著看不見的手臂問道。

「你說得很對，還沒有完全被消化系統吸收。」

「啊！」馬維爾先生說：「不過是有點像鬼。」

「當然，這一切並沒有你想像的那麼奇妙。」

「對我這種要求不高的人來說已經夠奇妙的了，」馬維爾先生說：「你是怎麼做到的！這到底是怎麼做到的？」

「說來話長，而且──」

「我告訴你，整件事情讓我一頭霧水。」馬維爾先生說。

「我現在想說的是，我需要幫助。我走到了這步田地──突然撞見了你。我一絲不掛地在外遊蕩，憤怒得發狂卻無計可施。我想殺人，然後我看見你了──」

「上帝啊！」馬維爾先生說。

「我走在你身後，猶豫了一下，走開了──」

馬維爾先生的表情很傳神。

「然後我停住了，心想：『這個人，是個像我一樣的社會棄兒。他就是我要找的人。』於是我又轉過身來找你——你。接著——」

「上帝啊！」馬維爾先生說：「聽得我頭腦發暈。我能問一下？你需要什麼樣的幫助？——隱形人！」

「我希望你幫我找些衣服、找個住處，還有些別的東西。我已經離開這些東西夠久了。如果你不願意，好吧！但你會幫忙的——不幫也得幫。」

「聽著，」馬維爾先生說：「我太震驚了。別再打攪我了，放我走吧。我得靜一靜。我的腳趾頭差點被你弄斷了。這也太不合理了。空蕩蕩的丘陵，空蕩蕩的天空。方圓幾英里除了大自然的溫暖懷抱什麼也看不到。然後傳來一個聲音。一個來自天堂的聲音！還有石頭！還有拳頭——上帝啊！」

「振作起來，」那個聲音說：「因為你必須按照我的指示去做。」

馬維爾先生兩腮鼓起，雙眼圓睜。

「我選擇了你，」那個聲音說：「除了那裡的那些傻瓜，你是唯一知道隱形人這回事的人。你得做我的幫手。幫我做事，我會給你莫大的回報。隱形人可有能耐了。」他暫停片刻，用力打了個噴嚏。

「如果你出賣我，」他說：「如果你沒有按照我的指示去做——」

他停下來，瀟灑地拍了拍馬維爾先生的肩膀。馬維爾先生嚇得大叫一聲。「我不會出賣你的，」馬維爾先生邊說邊躲開隱形人的手指，「無論你做什麼，你都不要那麼想。我特別想幫你——把任務交代給我就好。上帝啊！無論你要我做什麼，我都心甘情願。」

第十章 馬維爾先生的伊平之行

最初的恐慌過後，伊平村陷入了爭辯。懷疑論突然抬頭，是神經質的懷疑論，覺得完全不可思議，反正就是懷疑。不相信隱形人的存在要容易得多，而那些親眼看到他遁入空氣或領教過他臂力的人，用兩隻手就數得出來。目擊證人中，韋傑斯先生不見了蹤影，龜縮在自家牢不可破的門閂後面，而傑弗斯則驚愕地躺在車馬旅店的客廳裡。對伊平村的男男女女來說，超越經驗的奇思怪想往往不及看起來雖小但摸得到的東西。聖靈降臨節這天，小彩旗在伊平上空喜氣洋洋地飄揚，人人都穿著節日的盛裝，這一天他們已經翹首期盼了一個多月。到了下午，連相信隱形人的村民也開始試探性地玩起了小遊戲，他們猜測他早就走了，而對於懷疑論者來說，他已經成了玩笑。總之，懷疑論者和非懷疑論者都度過了十分熱鬧的一天。

海斯曼家的草地上搭著一頂歡樂的帳篷，邦廷太太和幾位女士在裡面準備茶點。

主日學校的孩子在賽跑和玩遊戲，助理牧師、卡斯小姐和薩克布特小姐在大聲地指導他們。毫無疑問，空氣中有一絲絲不安的氣氛，但大多數人都在有意識地掩蓋內心的疑慮。村裡的公共綠地上有一根斜拉著的繩子，抓緊滑輪可以從繩子一端猛地滑向另一端的麻袋，這個遊戲深受青少年的青睞。還有村民在盪鞦韆、打椰子或是散步，一架連在鞦韆上的蒸汽風琴讓空氣中充滿了強烈的油味和同樣強烈的音樂。俱樂部的會員早上去過教堂，他們佩戴著粉色和綠色的徽章，個個光彩奪目，還有更愛表現的人用鮮豔的彩帶裝飾他們的圓頂禮帽。老弗萊徹很有儀式感，透過窗前的茉莉花或是開著的門，你能看見他小心翼翼地站在兩把椅子撐起的一塊木板上，粉刷著客廳的天花板。

大約四點，一個陌生人從丘陵方向進入村內。他身材矮胖，頭戴一頂破破爛爛的大禮帽，一副上氣不接下氣的樣子。他的雙頰時鼓時癟，斑駁的臉上面帶憂色，步伐輕快卻顯得不太情願。他在教堂邊轉了個彎，朝車馬旅店走去。老弗萊徹記得看到他了，誠然，他奇怪的緊張感給這位老紳士留下了非常深刻的印象，以致石灰水順著刷子流進外套袖筒也沒在意。

打椰子遊戲攤的老闆說他似乎在自言自語，哈克斯特先生也這麼說。他在車馬旅店的臺階前停下腳步，據哈克斯特先生說，他好像掙扎了很久，才說服自己走進旅店。最終他踏上了臺階，哈克斯特先生看見他往左一拐，去開客廳的門。哈克斯特先生聽到聲音從屋內和酒吧間傳來，說他走錯地方了。「那是私人房間！」霍爾說。陌生人笨手笨腳地把門關上，朝酒吧間走去。

幾分鐘後，他又出現了，心滿意足地用手背擦了擦嘴唇。不知怎的，哈克斯特先生覺得那是裝出來的。他東張西望了一會兒，然後哈克斯特見他鬼鬼祟祟地朝院子的門走去，客廳的窗戶就對著院子。陌生人猶豫了一下，靠在門柱上，掏出一個短柄陶土菸斗，準備裝菸絲。裝菸絲的時候，他的手指抖個不停。他笨拙地點燃菸斗，交叉著雙臂，懶洋洋地抽了起來。但他不經意間朝院子裡的迅速一瞥，暴露了這副懶散模樣完全是裝出來的。

隔著菸草窗前的小圓罐，哈克斯特先生目擊了這一切。這人的行為舉止太異常了，他決定繼續觀察下去。

陌生人突然起身，把菸斗放進口袋，隨即消失在院子裡。哈克斯特先生認為自己看到了一樁小竊案，便立即翻過櫃檯，衝到街對面去抓小偷。這時候馬維爾先生出來了，帽子歪戴，一隻手拿著一個藍色桌布裹著的大包裹，另一隻手拎著三本捆在一起的大簿子（後來發現是用牧師的吊褲帶綁的）。看見哈克斯特，他倒抽了一口氣，急忙向左轉，撒腿就跑。「抓小偷啊！」哈克斯特叫著追了上去。

對哈克斯特先生來說，接下來的回憶鮮活卻短暫。他看見那人就在他前面，朝教堂的轉角處和丘陵方向飛奔而去。他看到村裡的彩旗和遠處的慶典，有一兩個人轉過頭來看著他。他大喊著「抓小偷」，勇敢地繼續追去。但才追了不到十步，他的小腿就被什麼東西神祕地絆住了。他跑不起來了，接著就以不可思議的速度飛了出去。他的臉和地面來了次親密接觸，整個世界瞬間濺起上百萬個金星，隨後發生的事情他就不再關心了[1]。

1 隨後發生的事情他就不再關心了（subsequent proceedings interested him no more），引自美國西部文學作家布勒特．哈特寫的一首詼諧詩。

第十一章
車馬旅店

為了弄清楚車馬旅店裡發生了什麼事，我們有必要回溯到哈克斯特先生隔著菸草窗看到馬維爾先生的那一刻。當時卡斯先生和邦廷先生正在客廳裡認真地調查早晨發生的怪事。經由霍爾先生同意，他倆徹底搜查了隱形人的行李。摔得半死不活的傑弗斯已經恢復了一些，被幾個好心的朋友送回家了。霍爾太太把房間清掃了一下，收走了隱形人散落的衣服。窗下隱形人工作的桌子上，卡斯幾乎一眼就看到了三大本寫著「記事簿」字樣的簿子。

「記事簿！」卡斯說著，把三本簿子放到桌上，「無論如何，我們有點線索了。」牧師站在桌前，手按著桌子。

「記事簿，」卡斯又說了一遍，坐下，用前兩本支撐第三本，然後打開，「噢——扉頁上沒有名字。真討厭！密碼，還有數字。」

牧師走過來，順著他的肩頭看去。

卡斯一臉失望地翻著簿子。「哦，天哪！全是密碼，邦廷。」

「沒有圖表嗎？」邦廷先生問道：「沒有方便理解的插圖？」

「你自己看吧，」卡斯先生說：「有些是數學上的，有些是俄文之類的文字（根據字母判斷），有些是希臘文。你好像懂希臘文吧——」

「當然，」邦廷先生掏出眼鏡擦了擦，突然覺得很不自在，因為他的那點希臘語水準真的不值一提，「是的——希臘文，當然可以提供些線索。」

「我給你找一段。」

「我還是先瞄一下吧，」邦廷先生仍在擦眼鏡，「先有個大概的印象，卡斯，然後，你知道，我們再去找線索。」

他咳嗽了一聲，戴上眼鏡，挑剔地扶著鏡框，又咳嗽了一聲，暗地裡希望此刻能有事發生，讓他看似不可避免的出醜能夠得以避免。他慢吞吞地接過卡斯遞來的記事簿。就在這一刻，還真有事發生了。

門突然開了。

兩位紳士猛地站了起來，見門口站著個人，當他們看到一頂毛茸茸的絲綢帽子下面是一張斑駁的紅臉時，這才鬆了一口氣。「酒吧間？」那張臉瞪著眼睛問道。

「不是。」兩位紳士同時作答。

「在那一邊，朋友。」邦廷先生說。

「請把門關上。」卡斯先生氣呼呼地說。

「好的。」闖入者低聲說。弔詭的是，與剛才粗嘎的嗓音不同。

「你說得對，」闖入者用剛才粗嘎的嗓音說：「站開！」他出去了，帶上門。

「是個水手，我判斷得出，」邦廷先生說：「他們很有趣。站開！真的。我想那是航海術語，指的是退出房間。」

「今天我的神經很鬆弛。嚇了我一大跳——門就這麼打開了。」卡斯說。

邦廷先生笑了笑，好像他沒被嚇到似的。「現在，」他歎了口氣說：「這些簿子。」

「稍等，」卡斯說著，跑去把門鎖上了，「這下我們不用擔心被人打擾了。」

這時有人抽了下鼻子。

「有件事無可爭辯，」邦廷說著，拉了把椅子坐到卡斯旁邊，「可以肯定，這幾天伊平發生了一些怪事——非常奇怪的怪事。我當然不相信隱形人的存在，這個說法太荒唐了——」

「太難以置信了，」卡斯說：「太難以置信了。但我確實看到了——我親眼看到他的衣袖裡面空空如也——」

「但是你——你確定嗎？舉例來說，如果有一面鏡子，就很容易產生幻覺。我不知道你有沒有見過真正厲害的魔術師——」

「我不跟你爭論了，」卡斯說：「我們已經反覆討論過了，邦廷。還是來看這幾本記事簿吧——啊！我認為這些一定是希臘文！希臘字母無疑。」

卡斯指向那一頁的中間。邦廷先生臉色微微泛紅，湊近去看，像是眼鏡不大好使。他的脖子後面突然有一種異樣的感覺。他試圖抬起頭來，卻遇到了堅定不移的阻力。那股阻力很奇特，來自一隻沉重而堅決的手，它緊緊抓住他的頸背，將他的下巴不可遏止地壓向桌面。「別動，小傢伙，」一個聲音低聲說：「再動，我就把你們的腦袋打開花！」他瞥了眼旁邊的卡斯，兩人都從對方臉上看到了驚懼之色。

「很抱歉這麼粗暴地對待你們，」那個聲音說：「但這不可避免。」

「你們什麼時候學會窺探一個研究員的私人日誌的？」話音剛落，兩個下巴同時往桌子一撞，兩副牙齒格格作響。

「你們什麼時候學會闖入一個不幸者的私人房間的？」撞擊聲再度響起。

「他們把我的衣服放哪裡了？」

「聽著，」那個聲音說：「窗戶被我關牢了，門上的鑰匙也拔掉了。我非常強壯，除了你們看不見我之外，我手上還有一根撥火棒。毫無疑問，我可以殺了你們再輕鬆逃走，只要我想——你們明白嗎？很好。如果我放你們一條生路，你們能保證不幹傻事，並且照我的話去做？」

牧師和醫生兩人面面相覷，醫生做了個鬼臉。「能保證。」邦廷先生說道，醫生也跟著說了一遍。掐著脖子的手鬆開了，醫生和牧師都坐了起來，臉脹得通紅，扭動著腦袋。

「請坐在原地，」隱形人說：「你們瞧，撥火棒。」

「我走進這間屋子時，」隱形人拿撥火棒指了指兩人的鼻尖，接著說道：「我沒料到裡面有人。我來拿我的衣服和記事簿。我的衣服在哪裡？別——別站起來。我看到衣服不見了。現在這個天氣，白天很暖和，一個隱形人可以赤裸裸地跑來跑去，但到了晚上就冷得難受了。我需要衣服和吃的住的，我還必須拿走那三本記事簿。」

第十二章
隱形人大發雷霆

很無奈，由於一個痛苦的原因，敘述不得不再次中斷。原因馬上就會揭曉。客廳裡的戲碼正在上演的時候，哈克斯特先生則監視著靠在門上抽菸斗的馬維爾先生。與此同時，霍爾先生和泰迪·亨弗利正在十二碼外的地方疑惑不解地討論隱形人的話題。

突然，客廳的門砰的一聲響，伴隨著一聲尖叫，然後復歸寂靜。

「嘿！」泰迪·亨弗利喊道。

「嘿！」酒吧間裡的人喊道。

霍爾先生反應雖慢，但行事穩健。「不大對。」他說著，從吧臺後面走出來，朝客廳走去。

他和亨弗利一起來到客廳門口。他們審視著周遭，臉上露出急切的神情。「有點不對勁。」霍爾說，亨弗利點頭表示同意。他們聞到一股令人不快的化學氣味，還聽到低沉的談話聲，嗓子壓得很低，語速飛快。

「你們沒事吧？」霍爾篤篤地敲門道。

含混不清的談話聲戛然而止，安靜了一會兒，又傳來嘶嘶的輕聲輕語，然後是一聲尖叫：「不！不，你不能！」接著是一陣騷動，一把椅子被掀翻了，有人搏鬥了片刻又安靜下來。

「究竟是怎麼回事？」亨弗利低聲喊道。

「你們——沒事吧？」霍爾先生厲聲問道。

「我們很——好，請不要——打攪我們。」牧師的語調斷斷續續的，聽起來有些反常。

「真怪了！」亨弗利先生說。

「真怪了！」霍爾先生說。

「他說不要打攪他們。」亨弗利說。

「我也聽到了。」霍爾說。

「還抽了下鼻子。」亨弗利說。

他們繼續聽著。談話聲壓得很低，語調急促。

「不可以，」邦廷先生提高嗓門說：「我告訴你，先生，這可不行。」

「他在說什麼？」亨弗利問。

「他說這可不行，」霍爾說：「不會是在對我們說吧？」

「太丟臉了！」屋裡的邦廷先生說。

「他說太丟臉了，」亨弗利先生說：「聽得很清楚。」

「現在是誰在說話？」亨弗利問。

「我覺得是卡斯先生，」霍爾說：「你能聽到什麼嗎？」

裡面靜悄悄的。聲音模糊不清，令人困惑。

「像是在扯桌布。」霍爾說。

霍爾太太出現在吧臺後面。霍爾做了個手勢，讓她不要出聲，過來一起聽。霍爾太太對丈夫可不會言聽計從。「霍爾，你在那裡聽什麼？」她問：「今天這麼忙，你就沒別的事可做嗎？」

霍爾試圖用表情和手勢來跟她解釋，但是霍爾太太很執拗，甚至還提高了嗓門。霍爾和亨弗利沮喪不已，只好輕手輕腳地回到酒吧間，邊走邊跟她打著手勢。

起初她壓根不關心他們聽到了什麼。然後她硬要霍爾閉嘴，只聽亨弗利一個人講。她傾向於認為他們在瞎掰——也許邦廷和卡斯只是在挪動桌椅。

「我聽到他說太丟臉了。」霍爾說。

「我也聽到了，霍爾太太。」亨弗利說。

「不管怎樣——」霍爾太太開始說。

「噓！」亨弗利先生說：「我聽到窗子有動靜？」

「哪個窗子？」霍爾太太問。

「客廳的窗子。」亨弗利說。

他們站著凝神靜聽。霍爾太太直勾勾地望著旅店明晃晃的矩形大門、門外生動的白色街道，以及對面雜貨店被六月的陽光曬得起泡的門臉。突然間，雜貨店的店門打開了，哈克斯特冒了出來，眼睛裡透著興奮，掄胳膊打著手勢。「來人吶！」哈克斯特喊道，「抓小偷！」他斜刺裡穿過矩形大門，朝院子的門跑去，接著就從視線中消失了。

與此同時，客廳裡傳來一陣喧嘩，夾雜著關窗的聲音。

霍爾、亨弗利和酒吧間裡的其他人一窩蜂地衝到了街上。他們看見一個人轉過教堂的拐角，往丘陵方向飛奔。哈克斯特先生在空中完成了一個複雜的跳躍動作，直接臉和肩膀著地。街邊的行人驚愕地站著，或是向他們跑去。

哈克斯特先生摔暈了過去。亨弗利停下來查看他的傷勢，霍爾和酒吧間裡的兩個員工則一路追到教堂的拐角，邊追邊語無倫次地大聲嚷嚷。他們看到馬維爾先生消失在拐角處，便倉促下了一個完全不可能的結論：那個隱形人突然現形了。於是他們沿著小路繼續猛追。但霍爾才跑了不到十二碼就驚叫一聲，頭朝前橫著飛了出去，他一把抓住兩個員工中的一個，弄得那個員工也被掀翻在地。像是一位足球運動員被對手鏟倒了。另一個員工繞過來盯了幾眼，以為霍爾是自己摔倒的，便轉過身繼續追趕，結果腳踝被人一絆，跟哈克斯特的遭遇如出一轍。當第一個員工掙扎著站起來時，迎接他的是一腳勢大力沉、足以踢翻一頭閹牛的側踢。

他倒下去的時候，一幫人從村裡的公共綠地那邊趕來了。先是打椰子遊戲攤的攤主，一個穿著藍色針織套頭衫的魁梧男人。他驚訝地發現整條小路上空蕩蕩的，除了這三個摔得橫七豎八的人外再無一人。就在這時，他靠後的腳出了狀況，身體朝前一衝，接著就往旁邊滾去，正好掃到他哥哥和合夥人的腳。他倆也跟著朝前一衝，後面一群操之過急的村民有的踢到了他倆，有的跪倒或摔倒在他倆身上，還有的對他倆一通臭罵。

霍爾、亨弗利和兩個員工追出去時，霍爾太太留守在了酒吧間的收銀櫃旁。這是多年經驗帶來的習慣。客廳的門驟然打開，卡斯先生跑了出來，沒有瞥她一眼就徑直衝下臺階，朝教堂拐角奔去。「抓住他！」他喊道：「別讓他把包裹給扔了！只要他拿著包裹，我們就能看見他。」他壓根不知道還有個馬維爾，因為隱形人是在院子裡把包裹和記事簿交給馬維爾的。卡斯先生的臉上寫著憤怒和堅決，但他的穿著卻有著缺陷，是一條柔軟的白色褶裥短裙，只有在希臘才能穿得出去。「抓住他！」他大喊道：「他拿走了我的褲子！還扒光了牧師的衣服！」

「馬上就來照顧他！」經過趴在地上的哈克斯特時，他對亨弗利喊道。卡斯繞過街角，加入喧嘩的人群，隨即就被人撞倒，摔了個狗吃屎，手指還被一個全速奔逃的傢伙重重地踩了一腳。他大嚷大叫地掙扎著站了起來，緊接著又被人撞得匍匐在地。他意識到這不是一場追捕，而是一場潰敗。所有人都在掉頭朝村裡跑。他又站了起來，這次耳朵後面挨了重擊。卡斯跌跌撞撞地往車馬旅店跑，半路上跳過被拋棄的哈克斯特，他這時已經坐了起來。

走到旅店的臺階中央，他身後突然傳來一聲怒吼，在嘈雜的叫喊聲中尤為刺耳，還有一記清脆的耳光聲。他聽出那是隱形人的嗓音，像是遭到痛苦的一擊後勃然大怒。

過了一會兒，卡斯先生回到了客廳。「他回來了，邦廷！」他衝進來說：「保命要緊！他氣瘋了！」

邦廷先生站在窗邊，試圖用爐前的地毯和一張《西薩里公報》裹住身子。「誰回來了？」他嚇了一跳，「衣服」差點散架。

「隱形人，」卡斯說著向窗子衝去，「我們得趕緊離開這裡！他怒火沖天！沖天！」

卡斯轉眼就到了院子裡。

「天哪！」邦廷先生在兩個可怕的選擇之間猶豫不決。直到走廊裡響起駭人的搏鬥聲，他才作出決定，爬出了窗外。他匆匆整了整自己的「衣服」，邁開兩條肥胖的小短腿，盡快地向村裡逃去。

從隱形人發出怒吼、邦廷先生令人難忘地逃往村裡的那一刻起，發生在伊平的這件事就沒法再連貫地敘述了。也許隱形人的初衷只是想掩護馬維爾帶著衣服和記事簿撤退。但是他的脾氣向來火爆，由於意外挨了一拳，便怒髮衝冠，毫不猶豫地見人就暴打，僅僅為了從傷害別人中獲得滿足感。

你一定能想像滿街都是奔跑的身影，到處都是砰砰的關門聲，大家為了藏身之處你爭我搶；你一定能想像騷動的人群破壞了站在兩把椅子撐起的一塊木板上的老弗萊徹的平衡，招致了災難性的結果；你一定能想像一對情侶被一架鞦韆纏住時的心驚肉跳。亂哄哄的狂奔過去之後，掛著豔俗飾物和彩旗的伊平街上不見一個人影，只剩下盛怒的隱形人、被掀翻的帆布屏風、扔了一地的椰子，以及一個撒了一地糖果的攤位。關窗門門的聲音此起彼伏，窗戶一角偶爾閃過一隻揚著眉的眼睛，那是唯一還能看到的人。

為了逗自己開心，隱形人把車馬旅店的每塊窗玻璃都砸碎了，然後把一盞路燈從窗戶猛地塞進了格里布林太太家的客廳。也一定是他把希金斯家旁邊的電報線給割斷了，那條電報線通往阿德丁。在那之後，由於他的奇詭特質，他完全脫離了人類的感知，他在伊平再也聽不到、看不到、摸不著了。他完全消失了。

但在終於有人壯著膽子走上荒涼的伊平街之前，這是兩個小時裡最美好的部分。

第十三章 馬維爾先生打退堂鼓

黃昏來臨的時候，伊平才開始膽怯地向外張望這個公共假日的殘骸。只見一個戴著破舊絲綢帽子的矮胖男人，穿過山毛櫸樹林後面的暮色，痛苦地走在通往布蘭布林赫斯特的路上。他一隻手拎著三本用一種象徵性的鬆緊帶捆在一起的簿子，另一隻手拿著一個藍色桌布裹著的大包裹。他通紅的臉上流露出驚愕和疲憊，步履匆匆卻斷斷續續。他身邊有個聲音如影相隨，一隻看不見的手不時碰他一下，弄得他時不時就皺眉蹙額。

「你要再敢逃跑，」那個聲音說：「如果你再想逃跑——」

「上帝啊！」馬維爾先生說：「我的肩膀青一塊紫一塊的。」

「我以名譽擔保，」那個聲音說：「我會殺了你。」

「我沒有想逃跑，」馬維爾的聲音都快成哭腔了，「我發誓我沒有。我不知道那個該死的拐彎處，就是這樣！我怎麼會知道那個該死的拐彎處呢？事實上，我為這個挨了揍——」

「如果你不介意，你會被揍得更狠。」那個聲音說。馬維爾先生突然沉默了。他鼓起腮幫子，眼裡流露出絕望的神情。

「單是被這些鄉巴佬知道我的小祕密就已經夠糟的了，你還打算帶著我的簿子逃跑。他們逃得挺快，算他們走運！在這裡——沒有人知道我是隱形人！現在我該怎麼辦？」

「我該怎麼辦？」馬維爾低聲問道。

「會沸沸揚揚的。會上報紙的！所有人都在尋找我，所有人都在提防我——」那個聲音生動地罵了起來，然後停住了。

馬維爾先生的臉上更顯絕望，腳步也放慢了。

「快走！」那個聲音說。

馬維爾先生斑駁的紅臉上泛起淡淡的灰色。

「別把簿子掉到地上，你這個笨蛋。」那個聲音追上他，毫不客氣地說。

「事實上，」那個聲音說：「我就得利用你。你是個可憐的工具，但我必須這麼做。」

「我是個悲慘的工具。」馬維爾說。

「沒錯。」那個聲音說。

「我是你能找到的最糟糕的工具。」馬維爾說。

「我不夠強壯。」他氣餒地沉默了一會兒後說。

「我不夠強壯。」他重複道。

「是嗎？」

「我的心臟不好。那件小事——當然我挺過來了，但是謝謝你！我可能會半途而廢。」

「嗯？」

「我沒有勇氣和力量去做你要我做的事。」

「我會鞭策你的。」

「你還是別鞭策我吧。我不想把你的計畫搞砸，你知道。可是我太害怕，也太痛苦了，我可能會搞砸——」

「你最好別搞砸。」那個聲音平靜地強調說。

「我希望我已經死了。」馬維爾說。

「這不公平，」他說：「你必須承認——我完全有權利——」

「快走！」那個聲音說。

馬維爾先生加快了腳步，他們又陷入沉默。

「簡直太難了。」馬維爾先生說。

一點效果也沒有。他改變了策略。

「對我有什麼好處呢？」馬維爾換了一種語氣說道，聲音裡充滿著難以忍受的委屈。

「噢！給我閉嘴！」那個聲音一下子變得鏗鏘有力起來，「我會照顧好你的。按我的吩咐去做，你會做得很好的。你真是個傻瓜，但是你會做——」

「我告訴你，先生，我不適合做這種事。我尊敬你，但事實如此——」

「你再不閉嘴，我又要擰你的手腕了，」隱形人說：「讓我想一想。」

兩道黃光透過樹林，一座教堂的方塔在暮色中陰森森地赫然聳現。「走進村莊的時候，我會把手放在你肩膀上，」那個聲音說：「直直往前走，別幹蠢事。你要是耍花樣，我一定讓你吃不了兜著走。」

「我明白，」馬維爾先生歎了口氣說：「我都明白。」

戴著過時絲綢帽子的他一臉愁容，拎著東西穿過小村莊的街道和亮著燈的窗戶，消失在一片漆黑中。

第十四章 斯托港

翌日早上十點，馬維爾先生坐在斯托港[1]近郊一家小旅館外的長凳上。他鬍子沒刮、風塵僕僕，渾身髒兮兮的，雙手插在口袋裡。他時不時地鼓起腮幫子，看起來疲憊不堪、緊張不安。記事簿就在他旁邊，現在改用繩子捆著。由於隱形人計畫有變，那個包裹已經被遺棄在布蘭布林赫斯特外的松林裡。馬維爾先生坐在長凳上，雖然根本沒人注意到他，但他仍然相當焦慮。他老把手伸進身上的幾個口袋，神情緊張地胡亂摸找，顯得很怪異。

他在那裡坐了將近一個小時後，一個老水手拿著一份報紙從旅館出來，坐在他旁邊。

「天氣不錯。」水手說。

馬維爾先生驚恐地環顧四周。「非常不錯。」他說。

「這天氣很合時令。」水手沒有否認。

「是這樣。」馬維爾先生說。

水手拿出一根牙籤，專注地剔了幾分鐘牙。與此同時，他仔細地打量著馬維爾先生髒兮兮的身軀和身旁的簿子。剛才走近馬維爾先生時，他分明聽到了錢幣落袋的聲音。此人的外表與這個聲音所代表的富有形成鮮明的對比，令他嘖嘖稱奇。他的思緒又回到一個牢牢抓住他的想像力的話題上。

「那是簿子？」他突然發問，聒噪地結束了剔牙。

「哦，是的，這些是簿子。」馬維爾先生吃了一驚，看著簿子說。

「簿子裡面有奇怪的東西。」水手說。

「你說得對。」馬維爾先生說。

「簿子外面也有奇怪的東西。」水手說。

1 斯托港（Stowe），一個虛構的港口，或以樸資茅斯港為原型。

「也對。」馬維爾先生說。他看了看對方，然後環顧四周。

「譬如報紙上就有奇怪的東西。」水手說。

「是的。」

「在這張報紙上。」水手說。

「啊！」馬維爾先生說。

「有一篇報導，」水手盯著馬維爾先生說，眼神堅定而從容，「一篇關於隱形人的報導。」

馬維爾先生歪著嘴，撓了撓腮，覺得耳朵發燙。「故事發生在哪裡啊？」他淡淡地問：「奧地利還是美國？」

「都不是，」水手說：「就發生在這裡！」

「上帝啊！」馬維爾先生說。

「我說的這裡當然不是指我們現在坐著的地方，我是指這一帶。」水手的話讓馬維爾先生如釋重負。

「一個隱形人！」馬維爾先生說：「他做了些什麼？」

「什麼都做了，」水手用眼神控制著他，然後進一步說道：「什麼該死的事都做了。」

「我有四天沒看報紙了。」馬維爾說。

「他最早出現在伊平。」水手說。

「真的！」馬維爾先生說。

「他在那裡出現，至於他來自何方，沒有人知曉。看這裡：〈伊平奇事〉。這篇報導稱證據非常確鑿——非常確鑿。」

「上帝啊！」馬維爾先生說。

「不過，這故事十分離奇。一位牧師和一位醫生是目擊者，他們覺得他很正常、很像樣的，或者至少沒有看到他的真面目。報上說他住在車馬旅店，沒有人知道他的不幸，報上說沒人知道他的不幸，直到有一天旅店裡發生爭吵，他頭上的繃帶被扯了下來。大家這才發現他的頭是看不見的。他們立刻上去逮他，但他脫掉衣服，成功地逃脫了。不過逃脫前還是經歷了一場殊死的搏鬥，報上說他把我們可敬又能幹的村警傑弗斯先生打成重傷。很開誠布公的報導，是不是？有名有姓，樣樣不缺。」

「上帝啊！太令人驚訝了。」馬維爾先生焦慮不安地四下張望，試圖光憑手指的觸覺數清口袋裡的錢，滿腦子都是新奇的想法。

「可不是？我稱之為離奇。我從沒聽說過什麼隱形人，從來沒聽說過，不過現在離奇的事情層出不窮。」

「他就幹了那些事情嗎？」馬維爾問道，努力表現得很自在。

「還不夠嗎？」水手說。

「萬一又殺回去呢？」馬維爾問道：「就這麼逃走了，沒有下文了，嗯？」

「沒有下文了！」水手說：「哎呀！這還不夠嗎？」

「足夠了。」馬維爾說。

「我覺得這已經足夠了，」水手說：「我覺得已經足夠了。」

「他沒有同夥嗎——報上沒提到他有同夥，是吧？」馬維爾先生焦急地問。

「一個還不夠你受的？」水手問道：「沒有，謝天謝地，我們不妨這樣說，他沒有同夥。」

他緩緩點了點頭。「一想到那傢伙在鄉間四處流竄，我就覺得渾身不舒服！他依然在逃，有跡象表明，他正在往斯托港方向逃竄。你瞧，就發生在我們身邊啊！不是發生在美國。想想他會幹些什麼！他喝多了想襲擊你怎麼辦？他想搶劫你，誰能阻止得了？他可以擅闖私地，可以破門盜竊，可以輕鬆穿過警察組成的警戒線，就跟你我甩掉一個瞎子一樣輕鬆！甚至更加輕鬆！據我所知，瞎子的聽覺非常靈敏，只要哪裡有酒——」

「他當然有很大的優勢，」馬維爾先生說：「還有——嗯……」

「你說得對，」水手說：「他有。」

馬維爾先生一直在專注地環視四周，豎耳傾聽輕微的腳步聲，試圖察覺不易察覺的動作。他似乎下了很大的決心，用手捂著嘴咳了一聲。

他又看了眼周圍，仔細聽了聽，然後俯過身來壓低聲音說：「事實上——我碰巧對這位隱形人略知一二。來自私人管道。」

「啊！」水手饒有興趣地說：「你？」

「是的，」馬維爾先生說：「我。」

「真的！」水手說：「我可以問一下——」

「你會大吃一驚的，」馬維爾先生捂著嘴說：「太棒了。」

「真的！」水手說。

「實際上——」馬維爾先生用隱祕的語氣急切地說道。

突然間，他臉色大變。「哎喲！呀！」他直挺挺地站了起來，臉上寫滿痛苦。

「你怎麼了？」水手關切地問。

「牙疼，」馬維爾先生把手放在耳朵上說。他抓起那幾本簿子。「我想我得走了。」

他沿著凳子慢慢地從水手身邊挪開，感覺很奇怪。

「可是你正要跟我講隱形人的事！」水手抗議道。

馬維爾先生像是在跟自己商量。

「騙局。」一個聲音說。

「是個騙局。」馬維爾先生說。

「報紙上白紙黑字登載著呢。」水手說。

「照樣是騙局，」馬維爾說：「我認識這個謊言的始作俑者。根本就沒有什麼隱形人——哎呀。」

「那這張報紙是怎麼回事？你是說——？」

「沒有一句真話。」馬維爾斷然地說。

水手手裡拿著報紙，乾瞪著眼。馬維爾先生神經質地東張西望。「等一下，」水手站起來慢慢地說：「你是說——？」

「是的。」馬維爾先生說。

「你明知道是一堆該死的謊話，還讓我一五一十地講給你聽？讓一個大男人出洋相有意思嗎？嗯？」

馬維爾先生鼓起了腮幫子。水手頓時滿臉通紅，握緊拳頭。「我在這裡講了十分鐘，」他說：「而你，你這個大肚皮糙臉皮的小個子狗娘養的，連最基本的禮貌都沒有——」

「你是要跟我吵架？」馬維爾先生說。

「吵架！我可是個樂天派——」

「走吧。」一個聲音說。

馬維爾先生猛地轉過身來，邁著怪異的步子走開了。

「你最好滾遠點。」水手說。

「誰滾遠點？」馬維爾先生說。他歪斜著身子，步伐匆忙又奇特，偶爾還猛然向前一衝。走了一會兒，他開始喃喃自語，一邊抗議一邊反駁。

「愚蠢的傢伙！」水手叉著兩腿，雙手叉腰，看著漸漸遠去的身影，「我要證明給他看看，這頭蠢驢，捉弄我！報紙上登載著呢！」

馬維爾先生邊走邊含混不清地反駁著，在拐彎處不見了人影，但是水手仍然威風八面地站在路中央，直到一輛屠夫的馬車將他強行趕走。他轉身朝斯托港方向走去，「到處都是奇怪的蠢驢，」他輕聲對自己說：「想殺殺我的氣焰，愚蠢的鬼把戲——報紙上登載著呢！」

他很快又聽說一件怪事，發生在離他不遠的地方。就在當天早上，在聖邁克爾巷拐角處，有人看到「一大把錢」沿著牆壁向前飛去（**沒有人拿著它**）。目擊這幅奇景的也是一名水手。他立即上前去搶，卻被推了個倒栽蔥，等他站起來時，像蝴蝶般飛著的錢已經不翼而飛。我們這位水手說他願意相信任何事情，但這件事情實在太過分了。事後他認真思索了一番。

「飛行的錢」的故事是真的。光天化日之下，整個地區的門都完全洞開，大到莊嚴的倫敦郡銀行，小到商店和旅店的收銀櫃，都有成把成串的錢被悄悄地、靈巧地盜走，然後沿著牆壁和背陰處靜靜飛行，迅速躲開目擊者的眼睛。神祕飛行的終點始終如一，就是那位戴著過時的絲綢帽子、坐在斯托港近郊小旅館外面的焦慮紳士的口袋裡。誰都沒有追蹤到飛行的軌跡。

十天後，老水手對照諸多事實，方才意識到自己曾經離這位奇妙的隱形人有多近。彼時，伯多克港的故事早已成為舊聞。

第十五章 奔跑的人

黃昏時分，肯普醫生坐在自己的書房裡。他的觀景房坐落在一座小山上，俯瞰著伯多克港。書房不大，很舒適，北、西、南三面有窗，書架上堆滿了書籍和科學雜誌，還有一張寬大的寫字臺。北面的窗戶下放著一臺顯微鏡、玻璃片、微型儀器、培養物和零散的試劑瓶。儘管落日餘暉下的天空依然明亮，肯普醫生還是點亮了太陽能燈。窗簾沒有拉下來，因為不會有人往裡窺視。肯普醫生是個身形瘦長的年輕人，一頭亞麻色的頭髮，小鬍子幾乎全白了。肯普醫生希望他所從事的工作能讓他成為英國皇家學會的會員，他對這個頭銜非常看重。

他的視線從手頭的工作移開，觸到了對面山丘背後燦爛的晚霞。他嘴裡銜著筆，坐著欣賞了一會兒金色的夕陽，然後就注意到一個墨黑的人影，從坡頂朝他這邊跑來。那人個頭矮小，戴著一頂高帽子，兩條短腿迅速地移動著，跑得快得不得了。

「又來一個呆瓜，」肯普醫生說：「今早在街角才撞上一個，說什麼『隱形人來了，先生』！不知道這些人是著了什麼魔，搞得像是在十三世紀似的。」

他站起身，走到窗前，凝視著朦朧的山坡和一路狂奔下坡的小黑影。「他似乎急得要命，可是他跑得很費力。就算口袋裡裝滿了鉛，步伐也不會那麼沉重啊。」肯普醫生說。

「全力衝刺啊，先生。」肯普醫生說。

不一會兒工夫，奔跑的身影被從伯多克延伸到山崗上的別墅遮住了。片刻後他又冒了出來，然後又消失不見，就這麼在三棟別墅之間時隱時現了三次，直到最後隱沒在排屋中。

「蠢驢！」肯普醫生以腳後跟為軸往後一轉，走回寫字臺。

不過，那些在車道上近距離看到逃亡者、看到他大汗淋漓的臉上淒慘的懼色的人，可不會像肯普醫生那麼蔑視他。他邁著沉重的腳步咚咚咚地往前奔跑時，身上一直在叮噹作響，像裝得鼓鼓的錢袋子在來回晃蕩。他不看左邊也不看右邊，睜大眼睛直直地盯著山腳下的街道，那裡燈火通明，人頭攢動。他那張奇形怪狀的嘴都快散架了，嘴唇上掛了一層黏糊糊的泡沫，呼吸聲嘶啞而聒噪。他飛奔下坡這一路上，路人紛紛停下腳步，朝上或向下望去，神色不安地互相詢問此人為何如此匆忙。

不一會兒，在山崗高處，一條在路邊玩耍的狗突然痛苦地尖叫了一聲，鑽進了門裡。旁邊的人還在大惑不解的時候，一陣風從他們身邊急速掠過，伴隨著啪嗒啪嗒的腳步聲和氣喘吁吁的呼吸聲。

他們驚叫起來，從人行道上跳下奔逃。驚叫聲傳到山腳，山下的人本能地感覺到了異樣。馬維爾還沒跑到山腳，就已經聽到下面的街道上充斥著大喊大叫。居民逃進自家屋子，砰的一聲關上大門。他聽到了這一切，孤注一擲地進行最後一次衝刺。恐懼大踏步地趕超過他，衝到了他前面，不一會兒就占領了全城。

「隱形人來了！隱形人！」

第十六章 快樂的板球手

山腳下有家名叫「快樂的板球手」的酒館，那裡也是有軌馬車的起點站。酒保兩隻通紅的粗手臂擱在吧臺上，和一個有氣無力的馬車夫聊著馬匹。一個留著黑色大鬍子的灰衣男子咬著餅乾和乳酪，喝著伯頓啤酒，操著一口美國腔和一個下班的警察交談。

「外面在吵吵嚷嚷什麼？」有氣無力的馬車夫突然轉換話題，透過髒兮兮的黃色窗簾往山上望去。外頭有人在奔跑。

「也許哪裡失火了。」酒保說。

沉重的腳步聲越發逼近，門被猛地推開，哭哭啼啼的馬維爾衝了進來。他衣冠不整，衣領被撕開，帽子不見了。他抽搐地轉過身，想把門關上，可是門後面拴著根帶子，怎麼都關不上。

「來了！」他驚恐地厲聲哭喊，「他來了。隱形人！他在追我！看在上帝的分上！

救命啊！救命啊！救命啊！」

「把門關起來，」警察說：「誰來了？外面在吵什麼？」他走到門邊，鬆開帶子，門砰的一聲關上了。美國人關上另一扇門。

「讓我到裡面去。」馬維爾哭著說，他踉踉蹌蹌的，手裡還抓著簿子。

「讓我到裡面去，把我鎖在裡面。我說了他在追我。我甩掉了他。他說他會殺了我，他真的會。」

「現在你安全了，」黑鬍子說：「門已經關上了。到底發生了什麼事？」

「讓我到裡面去，」馬維爾話音剛落，門緊的門就遭到重重一擊，顫抖個不停。他又鬼哭狼嚎起來，接著傳來一陣急促的敲門聲和叫喊聲。

「喂，」警察喊道：「誰啊？」

馬維爾先生瘋了似的撲向一塊像門一樣的嵌板。「他會殺了我的——他有刀。看在上帝的分上！」

「這邊，」酒保說：「進來。」他掀起吧臺的活板門。

馬維爾先生連忙衝進酒吧間，門外的人還在大聲叫門。

「別開門，」馬維爾尖叫道：「請不要開門。我該躲在哪裡呢？」

「想必他就是隱形人了？」黑鬍子一隻手背在身後說：「我想我們該會會他了。」

驟然間，酒館的窗戶被人砸得粉碎，街上的人尖叫著倉皇奔逃。警察站在長沙發上，伸長脖子看了半天，想看清楚是誰站在門口。「是他。」警察跳下來揚起眉毛說。酒保站在酒吧間的包廂門前，馬維爾先生已被鎖在裡面。他瞥了眼砸壞的窗子，走到另外兩人面前。

一切突然安靜下來。「我要是帶了警棍就好了，」警察猶豫不決地走到門後說：「我們一開門，他就會闖進來。擋是擋不住的。」

「急著開門幹嘛？」有氣無力的馬車夫焦急地說。

「拉開門閂，」黑鬍子晃了晃手裡的左輪手槍說：「他要是進來——」

「那不行，」警察說：「那是謀殺。」

「我知道我在哪個國家，」黑鬍子說：「我對著他的腿打。拉開門閂。」

「別在我身後開槍。」酒保伸長脖子朝窗外張望。

「好吧。」黑鬍子說著俯下身去，自己上前拉開門閂。左輪手槍已經上膛。酒保、馬車夫和警察轉過身來。

「進來。」黑鬍子低聲說。他退後幾步，手槍放在身後，緊盯著門閂已被拉開的前門。沒有人進來，門一直關著。五分鐘後，第二個馬車夫小心地探進頭來時，他們還在等著。一張焦急的臉從包廂裡向外窺視，提供了一條訊息。「所有的門都關上了嗎？」馬維爾問道，「他在走來走去──他在踱來踱去。他像邪魔一樣狡猾。」

「天哪！」魁梧的酒保說：「後門！快去看後門！我說！」他無助地環顧四周。酒吧間的後門砰的一聲關上了，他們聽到了鑰匙轉動的聲音。「還有院子門和便門。院子門──」

他衝出酒吧間。

不一會兒，他回來了，手裡拿著一把切肉刀。

「院子門開著！」他肥厚的下唇往下一掉。

「那他可能已經進來了！」第一個馬車夫說。

「他不在廚房裡，」酒保說：「那邊有兩個女人，而且我用這把切牛肉的小刀把裡面捅了個遍。她們認為他沒有進來。她們沒有注意到──」

「門閂上了嗎？」第一個馬車夫問。

「我又不是小孩。」酒保說。

黑鬍子剛把左輪手槍收起來，活板門就關了起來，插銷卡嗒一聲自己插上了，然後是一聲巨大的悶響，鎖鉤卡嚓一聲斷開，包廂的門突然打開了。他們聽到馬維爾像被擒的小野兔一樣尖叫起來，便立即翻過吧臺去救他。黑鬍子的左輪手槍響了，包廂後面亮閃閃的鏡子叮叮噹噹碎了一地。

酒保進去時看到馬維爾古怪地癱倒在地，似乎在與通往院子和廚房的門搏鬥。酒保正遲疑不決時，門忽地開了，馬維爾被拖進了廚房，還伴著一聲尖叫和鍋子的噹啷聲。馬維爾臉朝下，死命地向後退，然而還是被強行拽到了廚房門口，門閂已被拔去。

試圖搶在酒保前面的警察這時衝了進來，後面跟著馬車夫。警察猛力拉開揪住馬維爾的那隻看不見的手腕，緊接著臉上就挨了一拳，踉蹌著朝後退去。門開了，馬維爾拚命想在門後獲得立足點。有樣東西被馬車夫握住了。「我捉住他了。」馬車夫說。

「他在這裡！」酒保紅通通的手也抓到了隱形人。

掙脫開來的馬維爾先生撲倒在地，試圖爬到正在打鬥的幾位身後。打鬥在門的邊緣跌跌撞撞地進行著。突然間，他們第一次聽到了隱形人的聲音——他大聲慘叫，因為警察踩到了他的腳。接著他怒不可遏地大喊起來，揮起拳頭一頓亂掄。馬車夫橫膈膜下方挨了一腳，大叫一聲，痛得彎下了腰。廚房通往包廂的門砰地關上了，馬維爾先生趁機逃脫。廚房裡的人忽然發現他們在跟空氣搏鬥。

「他人呢？」黑鬍子問道：「跑出去了？」

「這邊。」警察說著，走進院裡。

一塊瓦片颼的一聲擦著他的腦袋飛過，砸碎了廚房桌子上的碗碟。

「讓他嘗嘗我的厲害。」黑鬍子喊道。一根鋼質槍管在警察肩頭一閃，五顆子彈一顆接一顆地穿破暮色，射向瓦片飛來的地方。他開火時，手在空中畫了一條平行曲線，這樣他的子彈就像車輪上的輻條一樣輻射向狹窄的院子。

一片寂靜。

「五顆子彈，」黑鬍子說：「太棒了。四個A和一個王。誰去拿個燈籠來，我們摸著找他的屍體。」

第十七章 肯普醫生的訪客

槍聲響起的時候，肯普醫生正在書房裡埋頭寫東西。砰、砰、砰，一槍接著一槍，把他驚住了。

「喂！」肯普醫生說著，又把筆銜在嘴裡，豎耳傾聽，「誰在伯多克打左輪手槍？這些蠢貨在幹嘛？」

他走到南面的窗戶前，把窗推了上去，探出身子俯視山下。窗戶網、綴有珠子的煤氣燈、屋頂黑漆漆的商店和庭院組成了夜晚的城鎮。「山腳下有群人，在『快樂的板球手』那邊。」他一邊嘀咕，一邊凝視。他的視線劃過城鎮上空，眺望遠處亮著燈的輪船，碼頭上燈火通明，一個被燈照亮的小亭子像一顆黃色的寶石。一輪上弦月掛在西山上，星星亮晶晶的，就像在熱帶一般明亮。

肯普醫生的思緒神遊到了遙遠的未來，推測著那時候的社會環境，最後在時間維度上迷失了方向。五分鐘後，他才回過神來，歎了口氣，拉下窗，回到寫字臺前。

聽到槍響後，他心不在焉地繼續伏案書寫，時不時就會走神。約莫過了一個鐘頭，門鈴驟然響起。他坐在那裡聽著。他聽見女僕去開門，就在樓梯上等她，然而她沒有過來。

「會是誰啊？」肯普醫生說。

他試圖回到工作狀態中，卻沒有成功，於是他起身下樓，到樓梯口搖了搖鈴。女僕出現在樓下門廳時，他倚著欄杆問道：「是送信的嗎？」

「門鈴失控了，先生。」她回答道。

「今晚的我很焦躁。」肯普醫生自言自語道。他回到書房，這次鐵了心要專心工作。他很快就進入了工作狀態，屋裡靜悄悄的，只剩下時鐘的滴答聲和羽管筆的沙沙聲。燈罩在桌面投射出一個光圈，羽管筆在光圈的正中央悄聲疾書。

直到凌晨兩點，肯普醫生才完成當晚的工作。他站起來打了個哈欠，下樓去睡覺。他脫掉外套和背心，忽然覺得口渴，便拿了一支蠟燭，下樓去餐廳找蘇打水瓶和威士忌。

長期從事科學研究使他具有了敏銳的觀察力。當他穿過門廳走回來時，注意到樓梯底下墊子旁的油氈上有一個黑點。他繼續上樓，然後突然思量起那黑點是怎麼回事。他下意識地感覺有點不對勁。不管怎樣，他返回門廳，放下蘇打水瓶和威士忌，彎腰摸了摸那個黑點。不是很意外，從黏性和顏色判斷，是乾了的血漬。

他端起東西回到樓上，不停地左顧右盼，想弄清楚黑點的由來。在樓梯口，他看到了什麼，頓時驚訝得停下了腳步——他臥室的門把手上有血跡。

肯普醫生看了看自己的手，很乾淨，他想起從書房下來時房門是開著的，因此他根本沒有碰過門把手。他直直走進臥室，臉上很平靜，也許比平時更堅定一點。他好奇地往床上瞟了一眼。床罩上有一攤血跡，床單被撕破了。上次進屋時他直奔梳妝檯，沒有注意到這個。床那頭的被褥凹陷著，像是剛才有人坐過。

接著他產生了一種奇怪的錯覺——他似乎聽到一個低沉的聲音在喊：「天哪！肯普！」但是肯普醫生不相信那是說話聲。

肯普醫生盯著凹陷的被褥。那真是說話聲嗎？他環顧四周，除了那張染著血跡又一團亂的床，沒有任何異常。接著他清楚地聽到臉盆架那邊有動靜。所有人或多或少都有

點迷信，受教育程度再高也不例外。一種毛骨悚然之感油然而生。他關上房門，走到梳妝檯前，放下手裡的東西。就在那一刻，他驚得魂飛魄散、汗毛倒立，一捲血跡斑斑的亞麻繃帶懸在他和臉盆架之間的半空中！

肯普醫生驚詫地盯著這條繃帶。它包紮得很好，可是裡面空空如也。他本想上前去抓，不料被什麼東西擋了一下。一個近在咫尺的聲音對他說話了。

「肯普！」那個聲音說。

「嗯？」肯普嘴巴大張。

「保持冷靜，」那個聲音說：「我是個隱形人。」

肯普一時語塞，只是盯著繃帶。「隱形人。」他說。

「我是隱形人。」那個聲音重複道。

肯普的腦海裡一下子閃過一件事情，早上他還對那件事情嗤之以鼻。此刻的他看起來既不害怕也不驚訝。後來他才意識到發生了什麼。

「我還以為是一派胡言。」肯普醫生說。他的心思還在早晨的爭吵上。

「你裹著繃帶嗎？」他問道。

「是的。」隱形人說。

「噢！」肯普說，他來了精神，「我說！這根本就是胡扯。就是個騙人的鬼把戲。」

他一個箭步走上前，手伸向繃帶，碰到了隱形人的手指。

他往後一縮，臉色大變。

「冷靜些，肯普，看在上帝的分上！我非常需要幫助。別動！」

那隻手緊緊抓住他的手臂。他朝它打去，結果握得更緊了。

「肯普！」那個聲音叫道：「肯普！冷靜！」

肯普醫生不顧一切地想要掙脫束縛。那隻手臂上纏著繃帶的手緊緊抓住他的肩膀，接著他突然被絆了一下，向後摔倒在床上。他剛要張口大叫，隱形人就把床單一角往他嘴裡一塞。他被隱形人死死地按在身下，好在兩隻手是自由的，所以他揮拳亂打，同時伸腿猛踹。

「聽我解釋，好嗎？」隱形人說，儘管肋骨遭到重擊，他仍死死按住肯普不放，「天哪！你要把我逼瘋啦！」

「躺著別動，傻瓜！」隱形人對著肯普的耳朵大吼。

肯普又掙扎了一會兒，終於安靜地躺著了。

「你要是再喊，我就打爛你的臉。」隱形人拿掉肯普嘴裡的床單。

「我是個隱形人。這不愚蠢，也不是魔法。我真的是個隱形人。我需要你的幫助。我不想傷害你，不過如果你表現得像個瘋狂的鄉巴佬，那我一定給你好看。你不記得我了嗎，肯普？我是格里芬，大學學院[1]的。」

「讓我起來，」肯普說：「我不會亂動的。讓我安靜地坐一會兒。」

他坐了起來，摸摸脖子。

「我是大學學院的格里芬，我把自己變成了隱形人。我只是一個普通人——你認識我，我把自己變成隱形人了。」

「格里芬？」肯普說。

「格里芬，」那個聲音答道：「一個年紀比你小的學生，幾乎就是個白化病患者，

1 大學學院（University College），指倫敦大學學院，是英格蘭第三古老的高等學府。

六英尺高，寬肩膀，白裡透紅的臉，發紅的眼睛，拿過化學獎。」

「我糊塗了，」肯普說：「我腦袋裡一團亂。這跟格里芬有什麼關係？」

「我就是格里芬。」

肯普斟酌著。「太可怕了，」他說：「你是用什麼魔法把自己變成隱形人的？」

「不是魔法。是一個過程，足夠理智和易懂——」

「太可怕了！」肯普說：「到底是怎麼做到的——？」

「是夠可怕的。不過我現在受了傷，又痛又累，上帝啊！肯普，你是個男人。沉著些，給我點吃的喝的，讓我坐在這裡。」

肯普直盯著繃帶穿過房間，接著他看到一把柳條椅被拖到床邊。就聽吱嘎一響，椅面下陷了四分之一英寸左右。他揉了揉眼睛，又摸了摸脖子。

「比鬼還要神奇。」肯普傻笑著說。

「這就對了。謝天謝地，你變得理智了！」

「或者變呆了。」肯普說著，用指關節擦了擦眼睛。

「給我來點威士忌。我快死了。」

「感覺不像啊。你在哪裡？我站起來會不會跟你撞個滿懷？在那裡！好吧。威士忌？在這裡。怎麼拿給你？」

椅子吱嘎一聲，肯普手裡的酒杯被拿走了。他努力地放手了，儘管這完全有違他的本能。酒杯在柳條椅上方二十英寸處穩穩地停了下來。肯普無比困惑地盯著杯子。

「這──一定是催眠術。你跟我暗示過你是隱形人。」

「胡說。」那個聲音說。

「太瘋狂了。」

「聽我說。」

「今天早上我確鑿地證明了，」肯普說：「隱形術──」

「不管你證明了什麼！我要餓死了，」那個聲音說：「對一個沒穿衣服的人來說，這個夜晚真是太冷了。」

「食物？」肯普說。

酒杯自動傾斜了。

「是的，」隱形人啪的一聲放下酒杯說：「你有睡衣嗎？」

肯普低聲驚呼了一聲。他走到衣櫥前，拿出一件暗紅色的睡袍。「這件可以？」他問道。睡袍被接了過去，在半空中軟塌塌地懸了一會兒，古怪地飄動著，然後豎立起來，端莊地扣著扣子，坐到椅子上。「內褲、短襪和拖鞋會帶來安慰，」隱形人唐突無禮地說：「還有食物。」

「都有。不過這是我這輩子見過最瘋狂的事情！」

肯普從抽屜裡找出這幾樣東西，接著下樓去食物儲藏室翻找。他拿了些冷肉排和麵包回來，拉過一張輕便的桌子，放到訪客面前。「別管刀子了。」他的訪客說。一塊肉排懸在半空中，能聽到啃咬的聲音。

「看不見！」肯普說著，坐到臥室的椅子上。

「吃東西前，我喜歡穿上衣服，」隱形人說，他嘴裡塞得滿滿的，貪婪地吃著，「奇怪的愛好！」

「你的手腕沒事吧。」肯普說。

「相信我。」隱形人說。

「竟然有此等怪事——」

「沒錯。更奇怪的是我竟然誤入你家來包紮。我頭一回行大運！不管怎樣，我今晚打算睡在這間房子裡。你必須忍受！我的血跡很討厭，是不是？那邊有好大一個血塊。我明白，等它凝結的時候就看得見了。我已經在這裡待了三個小時了。」

「但你是怎麼辦到的？」肯普帶著幾分惱怒的語氣說：「把我搞糊塗了！整件事情，從頭到尾都不合理。」

「很合理，」隱形人說：「完全合理。」

他伸手抓住威士忌酒瓶。肯普盯著那件正在狼吞虎嚥的睡袍。一道燭光穿透右肩的一塊裂痕，在左肋下形成一個三角形的光區。

「槍聲是怎麼回事？」他問道：「怎麼會開槍的？」

「一個傻瓜——可以說是我的共犯，詛咒他！他想偷我的錢。已經被他得手了。」

「他也是隱形人嗎？」

「他不是。」

「嗯？」

「能讓我先填飽肚子再講嗎？我飢腸轆轆，疼痛難忍，你卻要我講故事！」

肯普站了起來。「不是你開的槍？」他問道。

「不是我，」他的訪客說：「一個我從沒見過的傻瓜胡亂開槍。好多人怕得要命。他們都害怕我。詛咒他們！我說肯普，再給我來點吃的吧。」

「我下樓看看，」肯普說：「恐怕很有限。」

隱形人吃完後要了一支雪茄——他吃得真多。肯普還沒來得及找到雪茄刀，他就狠狠地咬掉茄帽，當外面的菸葉鬆開時，他罵了幾句。他抽雪茄的樣子真是奇特，他的嘴、喉嚨、咽部和鼻孔都顯形了，煙團嫋嫋上升，像吞雲吐霧的模具。

「吸菸真是天賜的禮物！」他說著，用力抽了一口，「我運氣真好，居然遇到了你，肯普。你必須助我一臂之力。想不到這時候邂逅你了！我陷入了一個可怕的困境。我想我是瘋了。我所經歷的一切！不過我們得做些事。讓我告訴你吧——」

他給自己倒了些威士忌和蘇打水。肯普起身環顧周圍，接著去一間空房間裡拿了一個杯子。「夠瘋狂的，不過我想我可以喝一點。」

「肯普，這十來年你變化不大。你們這些公正的人是不會變的。初次失敗後頭腦冷靜、有條不紊。我跟你講，我們得攜手合作！」

「但你是怎麼做到的？」肯普說：「你是怎麼變成現在這個樣子的？」

「看在上帝的分上，讓我安靜地抽會兒雪茄吧！然後我再跟你講。」

然而，那天晚上隱形人並沒有講自己的故事。他的手腕越來越痛，加上伴有發燒，筋疲力竭，他滿腦子都是向山下飛奔追趕馬維爾以及旅店裡的搏鬥畫面。他斷斷續續地提到了馬維爾，雪茄抽得更快了，聲音變得憤憤不平。肯普努力收集著他話裡的訊息。

「他怕我，我看得出來他怕我，」隱形人念叨了多次，「他想甩掉我——他一直在尋找機會！我怎麼那麼傻！

「這狗雜種！

「我早就該殺了他——」

「你從哪裡弄來的錢？」肯普突然發問。

隱形人沉默了一會兒。「今晚我不能告訴你。」他說。

他忽然呻吟起來，身子前傾，用看不見的手支住看不見的頭。

「肯普，」他說：「我已經三天沒合眼了——就打過兩三次盹，每次一個鐘頭左右。我得趕快睡覺。」

「好吧，睡我的房間——就這個房間。」

「但我哪能睡啊？如果我睡著了，他會逃走的。哎！有什麼關係呢？」

「你的槍傷，傷得如何？」肯普突然問道。

「全然無礙。輕微擦傷，流了點血。噢，天哪！我真想睡個好覺！」

「為什麼不呢？」

隱形人似乎在打量肯普。「因為我擔心被自己的同胞生擒。」他慢吞吞地說。

肯普吃了一驚。

「我好蠢啊！」隱形人用力敲著桌子說：「把這念頭告訴你了。」

第十八章 隱形人入睡

儘管隱形人筋疲力盡且身負槍傷，但他拒絕相信肯普會保證他的自由。他仔細地檢查了臥室的兩扇窗戶，拉起窗簾，推開窗扇，看是否就如肯普所言，能從這裡逃走。夜晚寂靜無聲，新月掛在丘陵上。接著他檢查了臥室門和梳妝室門的鑰匙，確信他的自由無虞後，這才露出滿意的神情。他站在壁爐前的地毯上，肯普聽到他打了個哈欠。

「很抱歉，」隱形人說：「今晚我沒有把我的所作所為都講給你聽。我累壞了。很怪誕，毫無疑問。太可怕了！但是相信我，肯普，這是完全可能的。我有了一個新發現，本想保密的。但是不行，我必須找個搭檔。你，我們可以合作——但明天再說。肯普，我感覺再不去睡，我會猝死的。」

肯普站在房間中央，凝視著那件沒有腦袋的睡袍。

「我想我得離開你了，」他說：「真是——不可思議。接連發生了三件這樣的事情，推翻了我所有的成見，能讓我瘋掉。然而這是真的！還需要我為你做什麼嗎？」

「祝我晚安吧。」格里芬說。

「晚安。」肯普握了握那隻看不見的手說。他側身走到門口。突然，那件睡袍飛快地向他走來。

「體諒我！」睡袍說：「不要妨礙我，或者想要抓我！或者——」

肯普的臉色微微變了一下。「我已經跟你保證過了。」他說。

肯普出來後輕輕把門帶上，他聽到鑰匙轉了一下，門馬上就被反鎖了。就在他一臉錯愕地站在門口的時候，一陣急速的腳步聲又來到梳妝室門前，梳妝室的門也被反鎖上了。

「我是在做夢嗎？是這個世界瘋了？還是我瘋了？」肯普拍了拍自己的額頭。

他笑了，把手放在鎖著的門上。

「被拒之於我自己的臥室門外，簡直荒唐至極！」他說。

他走到樓梯口，轉身盯著鎖上的門。「這是事實，不可否認的事實！」他說。他用手指摸了摸輕微擦傷的脖子。

「但是——」

他絕望地搖了搖頭，轉身下樓去了。

他點亮餐廳的燈，拿出一支雪茄，在裡面踱來踱去，不時突然大叫一聲，或是和自己爭辯著。

「隱形的！」他說。

「有隱形動物這回事嗎？海洋裡有，是的。成千上萬！數以百萬計！所有的幼蟲，所有的小無節幼蟲和柱頭幼蟲，所有的微生物和水母。在海裡，看不見的東西比看得見的東西還要多！我從未想過這一點。在池塘裡也一樣！所有那些池塘裡的小東西，一片片無色半透明的膠狀物！但在空中？不！

「不可能。

「但為什麼不可能呢？

「如果一個人是用玻璃做的，還是會看得見。」

他的沉思變得深刻起來。當第三支雪茄化為無形或地毯上的灰燼時，他又開口了，不過只是一聲驚呼而已。他轉身出了餐廳，走進他的診療室，將煤氣燈點亮。肯普醫生不是靠行醫為生，所以這間診療室很小。裡面有當天的報紙。早報隨意地攤開在一邊。他撿起來翻了翻，讀到一篇名為〈伊平奇事〉的報導，也就是斯托港老水手費了好大力氣向馬維爾先生詳細解釋的那篇。肯普讀得飛快。

「裹起來！」肯普說：「喬裝！藏起來！『似乎沒有人知道他的不幸。』他在玩什麼鬼把戲？」

他放下報紙，目光在尋找著什麼。「啊！」他拿起送來後一直折疊著的《聖詹姆斯公報》。「真相就要大白了。」肯普醫生說著，打開報紙，迎面看到一篇題為「薩塞克斯某村雞飛狗跳」的報導，占了兩欄的篇幅。

「天哪！」肯普急切地讀了起來。它報導了昨天下午發生在伊平的奇詭事件——前面已經描述過了。這一頁還轉載了早報上的報導。

他重讀了一遍。「那人在街上橫衝直撞，左右開弓。傑弗斯失去知覺，哈克斯特疼痛萬分——到現在都無法描述他所看到的一切。牧師遭受奇恥大辱。婦人被嚇出病來！窗子被砸得粉碎。這個離奇的故事可能是捏造的。不過太精彩了，非登出來不可——抱著懷疑的態度來讀！」

他放下報紙，茫然地盯著前方。「可能是捏造的！」

他又抓起報紙，把整個報導重讀了一遍。「可是流浪漢是什麼時候攪和進來的？他究竟為什麼要追趕這個流浪漢？」

他一屁股坐到手術椅上。

「他不光是隱形人，」肯普說：「他還是個瘋子！是個殺人狂！」

當蒼白的晨曦與餐廳裡的燈光和煙霧交織在一起時，肯普仍在踱來踱去，試圖弄明白這件令人難以置信的事情。

他過於興奮，根本無法入睡。他的僕人睡眼惺忪地下樓時看到了他，都傾向於相信這是他用功過度所致。他給他們下了一道非同尋常但相當明確的命令，要他們準備兩份早餐送到書房，然後待在地下室或一樓，不准上樓。接著他繼續在餐廳裡踱步，直到早報送來。報上洋洋灑灑寫了很多，但沒多少有價值的東西，除了證實前一天晚上的事情外，還有一篇寫的是發生在伯多克港的奇事，文筆平實坦率。肯普就此知道了在「快樂的板球手」裡所發生的一切，還知曉了馬維爾這個名字。「他迫使我跟著他，足有二十四個小時。」馬維爾作證說。伊平事件又添幾個無足輕重的新料，特別是村裡的電報線被割斷了。但文中沒有進一步說明隱形人和流浪漢之間的關係，因為馬維爾先生隻字未提那三本簿子以及口袋裡的錢的事。懷疑的論調消失了，一大群記者和調查者已經在詳細闡述此事。

肯普仔細讀完報導裡的每個細節，又叫女僕出去把上午的報紙全買回來。全被他如飢似渴地讀完了。

「他是隱形的！」他說：「而且從報紙上看，他已經從憤怒變成了狂躁！他什麼都幹得出！他什麼都幹得出！他在樓上，像空氣一樣自由。我到底該怎麼辦？」

「比方說，這算是失信嗎，如果我——？不。」

他走到牆角一張凌亂的小書桌前，開始寫便條。寫了一半，又撕掉重寫。寫好後他讀了一遍，斟酌了一番。然後他取出一個信封，寫上「伯多克港，埃迪上校親啟」。

就在這個時候，隱形人醒來了，好像火氣很大。肯普警覺地聆聽著每一個聲音。他聽到隱形人的腳步聲匆匆穿過頭頂上的臥室。一把椅子拋了出去，臉盆架上的玻璃杯被砸碎了。肯普急忙上樓，篤篤篤地敲門。

第十九章
隱形的原理

「怎麼回事？」隱形人允許他進去後，肯普問道。

「沒事。」隱形人答道。

「天哪，真該死！幹嘛砸東西？」

「我發脾氣了，」隱形人說：「忘了這隻手，又酸又痛。」

「你很容易發脾氣？」

「是的。」

肯普穿過房間，撿起玻璃碎片。「你的事都傳開了，」肯普站起身來說，手裡拿著玻璃碎片，「所有發生在伊平和山下的事情。現在全世界都知道有這麼一號隱身的公民了，不過沒人知道你在這裡。」

隱形人罵了一聲。

「祕密已經公開了。我想那是個祕密。我不知道你的計畫是什麼，但我很想幫助你。」

隱形人坐到床上。

「早餐在樓上。」肯普盡量裝作很輕鬆的樣子。看到他的陌生訪客欣然起身，他感到很滿意。他在前面帶路，兩人沿著狹窄的樓梯走向書房。

「在我們合作之前，」肯普說：「我得多瞭解一點你的隱形術。」他不安地朝窗外瞥了一眼，然後坐了下來，一副想要談心的神情。他望著早餐桌對面格里芬坐的地方，腦子裡對整個事件的合理性閃過一絲懷疑，隨即便煙消雲散——那件看不見頭、看不見手的睡袍，正神奇地拿著一塊餐巾，擦拭看不見的嘴唇。

「很簡單，也很可信。」格里芬把餐巾放在一邊說。

「對你來說毫無疑問，可是——」肯普笑了。

「好吧，是的，毫無疑問，一開始的時候這件事似乎很美妙。可是現在，我的上帝啊！不過我倆能幹出一番大事！我最早是在切希爾斯托發現的。」

「切希爾斯托？」

「我離開倫敦後去了那裡。你知道我棄醫改學物理？不知道？嗯，我改學物理了。光線——讓我著迷。」

「啊！」

「光學密度！整個學科就是一張布滿奧祕的網——謎底閃著微光，難以捉摸。當時我才二十二歲，滿腔的熱情，我說：『我要為它獻身，這是值得的』。我們二十二歲的時候多傻啊，你知道的吧？」

「不是那時傻，就是現在傻。」肯普說。

「彷彿學到知識就能讓人心滿意足！

「我投入鑽研的工作中去了，像個黑奴一樣。才研究了六個月，一道光就從一個網眼裡射了出來，炫目而刺眼！我發現了關於色素和折射的基本原理——一個公式，一個四維的幾何運算式。傻瓜、普通人，甚至普通的數學家都不知道某個數學通式對一個主修分子物理的學生意味著什麼。記事簿裡——被流浪漢藏起來的記事簿裡——有奇蹟，奇蹟！但它不是一種方法，而是一個想法，這個想法可以導致一種方法的產生。在不改變物質性質的情況下（**某些情況下，顏色除外**），運用這種方法，就能將固體或液體的折射率降低到空氣的折射率（就實際用途而論）。」

「唉！」肯普說：「真奇怪啊！不過我還是不太明白——這樣一來，你能毀掉一塊寶石，但這跟隱掉一個人完全是兩碼事啊。」

「沒錯，」格里芬說：「但你想啊，可見性是由可見物對光的作用決定的。物體要嘛吸收光，要嘛反射或折射光，要嘛兩者兼有。如果它既不吸收光，也不反射或折射光，那我們就看不見它了。例如，你之所以能看到一個不透明的紅色盒子，是因為它的顏色吸收了一部分光線，並將剩下的那部分紅色的光線反射給了你。如果它不吸收任何一部分的光線，而是全部反射出去，那麼我們看到的就是一個閃閃發光的白色盒子。銀色的！鑽石盒子吸收的光線很少，從表面反射回去的光線也不多，只在部分地方會發生反射和折射，所以呈現在我們面前的是閃亮反光的半透明外觀，一種光的骨架。玻璃盒子沒有鑽石盒子那麼明亮和惹眼，因為沒有那麼多的折射和反射。明白了嗎？從某些角度你能清楚地看透它。有些玻璃比其他一些玻璃更清晰可見，一盒火石玻璃就比一盒普通玻璃更明亮。光線不足的情況下，一盒非常薄的普通玻璃不容易被人看見，因為它幾乎不吸收任何光線，折射和反射也很少。你要是把一塊普通的白色玻璃放進水裡（尤其是放進比水密度大的液體裡），那你幾乎完全看不見它了，因為光線穿過那層水到達玻璃後，只發生了輕微的折射或反射，或者完全沒有。它幾乎像空氣中的煤氣或氫氣一樣看不到了。同樣的道理！」

「是的，」肯普說：「那真是小菜一碟。」

「還有一個事實，你也會發現它是真的。肯普，如果你把一塊玻璃敲碎，敲成粉末，那它在空氣中就更容易被人看到。原因是變成不透明的白色粉末後，玻璃的折射面和反射面大大增加了。一塊玻璃只有兩個表面，而在粉末狀態下，每一個顆粒都能反射或折射光線，很少有光線能直接穿透粉末。但是如果把白色的玻璃粉末倒入水中，它會立即消失不見。玻璃粉末和水的折射率基本相同，也就是說，光線從一個傳到另一個時，折射或反射幾乎沒有發生。

「你把玻璃放進與其折射率相近的液體中，就能讓它隱形；你把透明的東西放進與其折射率相近的任何介質中，都能讓它隱形。你腦子稍微一轉就能明白：你也能讓玻璃粉末在空氣中隱形，只要使它的折射率等同空氣。那樣的話，當光線從玻璃傳到空氣中時，就不會產生折射或反射。」

「是的，是的，」肯普說：「但人不是玻璃粉末！」

「不，」格里芬說：「人更透明！」

「胡說！」

「這話出自一位醫生之口！你怎麼那麼健忘！才過去十年，物理知識就忘光了？想想所有那些看似不透明、實則透明的東西吧。就拿紙來說，它是由透明纖維製成的，呈不透明的白色，跟玻璃粉末一個道理。倘若在白紙上抹一層油，用油填滿分子之間的空隙，那麼白紙除了表面外就不再產生折射或反射，變得像玻璃一樣透明。不光是紙，還有棉纖維、亞麻纖維、羊毛纖維、木質纖維，以及骨頭、肯普、肉、肯普、頭髮、肯普、指甲和神經、肯普，事實上，除了血液裡的紅色素和頭髮裡的黑色素，人體都是由無色透明的組織構成的。很少那點東西就足以讓我們被對方看見。大多數情況下，生物纖維的透明性並不亞於水。」

「天哪！」肯普叫道，「當然，當然！昨天晚上我還想到了海裡的幼蟲和水母！」

「現在你明白了吧！這些是我在離開倫敦一年後發現的（也就是六年前），我沒有告訴別人。我不得不在極其惡劣的條件下做研究。我的教授奧利弗是個科學的無賴、天生的記者、思想的竊賊，他一直在刺探我的研究！你知道科學界的爾虞我詐。我就是不願意發表，以免他搶我的功勞。我繼續研究，越來越接近於將我的公式變成實驗，變成現實。我沒有告訴任何人，因為我打算把我的成果像震撼彈一樣公之於世，讓我一舉成名。我開始研究色素，以填補某些空白。突然間，我在生理學上有了一個新發現，並非故意，純屬偶然。」

「是嗎？」

「血液裡的紅色素，可以變成白色——無色，同時保持原有的功能！」

肯普滿腹狐疑地驚叫起來。

隱形人站起身來，在小書房裡踱步。「你肯定會驚叫的。我記得那晚。夜色已深——白天我被張著嘴瞪著眼的呆瓜學生煩透了，有時會工作到天亮。那個想法突如其來地出現在我的腦海裡，燦爛而完整。我獨自一人。實驗室裡無聲無息，高掛的燈熾熱而安靜地燃燒著。我所有偉大的時刻都是獨自一人。『我可以讓一隻動物——一種組織——變得透明！我可以讓它隱形！除了色素外。我可以隱形！』我突然意識到這對一個白化病患者意味著什麼。讓人不知所措！我放下手頭正在做的過濾，凝視著窗外的星星。『我可以隱形！』我重複道。

「做這樣一件事情是超越魔法的。撥開疑雲，我看到了隱形術能給一個男人帶來的美妙幻景——神祕、力量、自由。我沒有看到不利因素。你想想看！我，一個衣著寒酸、窮困潦倒、在外省高校教白癡且飽受約束的示教講師，突然間可以變成——這樣。我問你，肯普，如果你……任何人，我告訴你，都會投身於這項研究。我幹了三年，好不容易翻過一座山，眼前又出現一座。無限的細節！還有那個令人惱火的外省教授，總在刺探我的研究成果。『你打算什麼時候發表你的成果？』是他永恆的問題。還有那幫學生，那糟糕的居住條件！我忍受了三年——

「守口如瓶又憤懣不平地幹了三年後，我發現要完成它是不可能的，不可能。」

「為何？」肯普問道。

「錢。」隱形人說，又走到窗外凝視。

他突然轉過身來。「我搶了一個老人的錢——我搶了我父親的錢。」

「錢不是他的，他開槍自殺了。」

第二十章 大波特蘭街的房子

肯普默默地坐了片刻，盯著窗前無頭人影的後背。他驀地想起了什麼，連忙起身，抓住隱形人的手，把他從窗口拉開。

「你累了，」他說：「我坐著的時候，你一直走來走去。坐我椅子吧。」

他站到格里芬和最近的窗戶之間。

格里芬一聲不吭地坐了一會兒，突然繼續說道：

「那件事發生的時候，我已經離開了切希爾斯托學院，去年十二月，我在倫敦一家管理不善的大旅館裡租了一間屋子，很寬敞，沒有家具，位於大波特蘭街附近的一個貧民窟。屋裡很快就堆滿了我用他的錢買的儀器。研究工作在穩步而順利地進行，馬上就要大功告成了。我就像一個從灌木叢中跑出來的人，突然遭遇了一場毫無意義的悲劇。

我去參加父親的葬禮，心思還停留在這項研究上，根本沒想過要為他挽回聲譽。我記得那場葬禮，廉價的靈車、簡陋的儀式、風霜交加的山坡，他的一位大學老友給他致悼詞。那是一位穿著一身黑、衣著破舊、感冒流鼻涕的駝背老人。

「回空蕩蕩的家的路上，我經過一個地方，那裡原先是村莊，現在被偷工減料的建築商草草打造成一座醜陋的小鎮。每一條路都通向被褻瀆的田地，路的盡頭碎石堆積、野草叢生。我記得自己憔悴的黑影走在溼亮的人行道上，置身於骯髒的體面和卑鄙的資本主義中，一種奇怪的超然感油然而生。

「我一點也不為父親感到難過。在我看來，他是自己愚蠢的多愁善感的犧牲品。偽善的習俗要求我參加他的葬禮，但這真的不是我自己的事。

「但是沿著高街行走的時候，我瞬間重回舊日時光，因為我遇見了十年前認識的一個女孩。我們的目光相遇了。

「我不由自主地轉過去和她攀談起來。她是個再普通不過的女孩。

「故地重遊就像是一場夢。我不覺得孤單，也不覺得自己來到了一個荒涼的地方。我意識到自己失去了同情心，但我把它歸結為生命的空洞虛無。重返自己的房間就像是回到了現實世界。裡面有我熟悉和熱愛的東西。儀器佇立在那裡，準備就緒的實驗在等待著我。除了要把一些細節規畫完善外，幾乎沒什麼大的困難了。

「肯普，我遲早會把整個複雜的過程都告訴你的。我們現在不談這個。除了一小部分被我特意記在腦子裡的，大部分我都用密碼記在被流浪漢藏起來的記事簿裡。我們必須抓到他，必須拿回那些簿子。關鍵的步驟是把需要降低折射率的透明物體放在兩個輻射源之間——這兩個輻射源能產生一種乙太的振動，我稍後會詳細跟你說。不，不是侖琴振動，我不知道別人有沒有描述過，不過這些東西很好理解。我需要兩臺小發電機，其後我用便宜的煤氣機取代了。第一次實驗用的是一塊白呢絨。我看到了世界上最奇妙的事情：閃爍的光線下，它變得又軟又白，然後就像一圈煙霧一樣消失了。

「我簡直不敢相信自己做到了。我把手伸進那片空空如也的地方，那塊白呢絨分明還在那裡。我一下子緊張起來，把它扔到了地上。然後我費了一番工夫才找到它。

「接下來我做了一個奇怪的實驗。我聽到身後傳來一聲貓叫，回頭一看，窗外水箱蓋上有一隻又髒又瘦的白貓。我腦子裡突然冒出一個主意。『都為你準備好了。』我說。我走到窗前，打開窗戶，輕輕地叫了一聲。牠嗚嗚叫著進來了，可憐的小畜生顯然是餓壞了，我倒了些牛奶給牠。我的食物都放在屋角的櫥櫃裡。牠在屋裡嗅來嗅去，搞得像在自己家裡一樣。那塊看不見的呢絨讓牠有點不爽，你該看看牠朝呢絨吐口水的樣子！我把牠放到我帶腳輪的矮床的枕頭上，讓牠舒舒服服地躺著，還用奶油哄牠洗澡。」

「你拿牠做實驗了？」

「我拿牠做實驗了。但給貓吃藥可不是鬧著玩的，肯普，實驗失敗了。」

「失敗了？」

「問題出在兩個細節上。爪子和色素層——叫什麼來著？在貓的眼睛背面。你知道的？」

「絨氈層。」

「是的，絨氈層。它隱不掉。我對貓做了些準備工作，諸如用藥把貓的血漂白，給牠服了鴉片，然後把牠和枕頭一起放到儀器上。牠的身體漸漸消失不見了，只剩下眼睛裡的兩個小鬼影。」

「奇怪！」

「我無法解釋。當然，牠用繃帶包紮著，被夾具固定著，所以是安全的。牠醒了過來，淒厲地喵喵直叫，身體仍然模糊不清。有人敲門，是樓下的老太太，她懷疑我在做活體解剖。她是個喝多了的老傢伙，在這世上唯一關心的就是這隻白貓。我匆匆倒了些氯仿出來，抹在貓身上，然後去開門。

「『我聽到貓叫了嗎？』她問：『是我的貓？』

「『不在這裡。』我彬彬有禮地回答。

「她有點懷疑，越過我朝屋裡窺視。毫無疑問，她覺得很奇怪——光禿禿的牆壁、沒有簾子的窗戶、帶腳輪的矮床、振動的煤氣機、翻騰的輻射源，還有一絲刺鼻的氯仿味。最後她不得不表示信服，轉身走了。」

「花了多長時間？」肯普問。

「那隻貓——三、四個小時。骨頭、肌腱、脂肪，以及有色毛髮的末梢是最後一批隱掉的。如同我前面所說，眼睛背面那層彩虹色的膜，很頑固，根本隱不掉。

「實驗終於做完了。外面早就漆黑一片，除了貓爪和那雙暗淡的眼睛，什麼也看不見。我關掉煤氣機，摸到那隻還沒醒過來的貓，拍了拍牠，給牠鬆綁。我累了，留下牠在看不見的枕頭上睡覺，自己也去睡了。然而我難以入睡，胡思亂想著那些沒有方向的東西，一遍又一遍地重播著那個實驗，要不就是興奮地夢見周遭的東西變得模糊起來，直到消失不見。我腳下的土地也消失不見了，於是我做起了墜入深淵的噩夢。凌晨兩點左右，那隻白貓喵喵地叫喚起來。我跟牠說話，試著讓牠安靜下來，後來我決定把牠趕出去。擦亮火柴的時候，我嚇出一身冷汗，只有一雙圓圓的眼睛閃著綠光，周圍什麼也沒有。我想倒點牛奶給牠，可是牛奶沒了。牠不肯安靜下來，坐在門口喵喵地叫個不停。我想抓住牠扔出窗外，但我抓不到牠，牠消失了。喵喵聲從屋裡的各個角落傳來。最後我只好打開窗戶往外亂趕。我想牠終於出去了。我再也沒有見到牠。

「然後，天知道是為什麼，我又想起了父親的葬禮，想起了陰沉的當風的山坡，一直想到天亮。我知道睡著是不可能的了，乾脆鎖上門，走到早晨的大街上。」

「你的意思是有隻隱形貓在逃！」肯普說。

「要是牠沒被人打死，」隱形人說：「有何不可？」

「有何不可？」肯普說：「我不是故意打斷你的。」

「很可能被人打死了，」隱形人說：「我知道四天後牠還活著，因為我看見一群人圍在大蒂奇菲爾德街一個柵欄邊，議論喵喵叫是從哪裡傳來的。」

他沉默了約一分鐘，突然開腔：

「我對巨變前的那個早晨記憶猶新。我肯定去了大波特蘭街，我記得奧爾巴尼街的兵營，騎兵從裡面出來，最後我發覺自己坐在陽光下的櫻草山頂，感到極不舒服。那是一月的一個晴天，那年下雪前的一個晴朗而嚴寒的日子。我疲憊的大腦思考著當前的處境，籌畫著下一個行動計畫。

「我驚訝地發現，雖然成就已經唾手可得，但我覺得它並無說服力。事實上，將近四年的持續工作已經讓我筋疲力盡，巨大的壓力使我失去了對情感的感受力。我變得麻木不仁。我想找回對研究最初的那份熱情，那份強烈到能把父親之死拋在腦後的熱情，卻徒勞無功。我覺得什麼都無關緊要。我清楚地看到，這種情緒是暫時的，是過度工作和睡眠不足造成的，藉由吃藥或休息，就能恢復活力。

「有一點我再清楚不過，這件事必須進行下去。這個固執的想法仍然支配著我。我的錢就快花光了。我環顧四周，孩子在山坡上玩耍，女士在看著他們，我努力想像著一個隱形人在這個世界上將占有多麼巨大的優勢。過了一會兒，我慢慢地走回家，吃了點東西，服用了大量的番木鱉鹼，然後在凌亂的床上和衣而睡。番木鱉鹼是極好的興奮劑，肯普，可以將一個男人的有氣無力一掃而空。」

「那是魔鬼，」肯普說：「是裝在瓶子裡的舊石器時代。」

「我醒來時精神煥發，而且相當易怒。你知道？」

「我知道那東西。」

「有人篤篤篤地敲門。是我的房東，一個波蘭猶太老頭。他身穿灰色長外套，趿著油膩的拖鞋，一副興師問罪的樣子，一口咬定昨晚我虐貓了——老婦人的舌頭可真長。他要我老實交代。這個國家對活體解剖的處罰非常嚴厲——他可能要負連帶責任。我矢口否認。他說整棟房子都能感覺到小煤氣機的振動。當然，那是真的。他繞過我走進房間，透過德國銀絲眼鏡四處窺探。我害怕他發現我的祕密，就用身體擋住濃縮裝置，結果他更加好奇了。我在搞什麼名堂？為什麼總是一個人偷偷摸摸的？合法嗎？有危險嗎？我就交了房租而已。他的房子在這個聲名狼藉的街區裡算是最好的了。我火氣蹭地上來了，叫他滾出去。他開始抗議，喋喋不休地說他有權進來。我一把抓住他的衣領，還撕破了什麼，他這才滾回走廊裡。我砰地把門關上，上了鎖，坐在那裡直發抖。

「他在門外大呼小叫，我置之不理，過了一會兒他就走了。

「不過這樣一來，事情嚴重起來了。我不知道他會做出什麼舉動，甚至不知道他有權怎麼做。搬到新公寓意味著耽擱，我的全部身家只剩下不到二十英鎊，大部分存在銀行裡，我負擔不起。把我自己變成隱形人！這個想法令人無法抗拒。之後他們會來調查，洗劫我的房間——

「一想到我的傑作可能會在大功告成那一刻被暴露或打斷，我就變得怒不可遏。我帶著三本記事簿和一本支票簿（**現在都在流浪漢手裡**），匆匆趕到最近的郵局，把它們寄往大波特蘭街的包裹寄存處。我悄無聲息地走了出去。回來的時候，我發現房東正躡手躡腳地上樓，我想他聽到關門的聲音了。你要是看到我在樓梯口追上了他，他慌忙挪身讓道的情景，肯定會忍俊不禁。他瞪了我一眼，我重重地把門關上，整座房子都在顫抖。我聽到他拖著腳步走到門口，猶豫了一下，又下樓去了。我馬上著手準備。

「那天晚上全搞定了。在給血液脫色的藥物作用下，我昏昏欲睡地坐在那裡，這時突然傳來接二連三的敲門聲。過了一會兒不敲了，腳步聲遠去又回來，敲門聲再度響起。有人想從門底下塞進一張藍色的紙。我一氣之下站了起來，走過去把門猛地打開。

「『有什麼事嗎？』我說。

「是房東，帶著逐出通知而來。他伸出手把它遞給我時，注意到我的手有些異樣，便抬起眼睛看我的臉。

「他頓時瞠目結舌，接著含糊不清地驚叫一聲，扔掉蠟燭和紙條，踉踉蹌蹌地穿過漆黑的走廊下了樓。我關上門，上好鎖，走到鏡子前。我明白他的恐懼了。我的臉是白色的——像白色的石頭。

「這一切太可怕了。我沒想到會那麼受罪。被劇痛、噁心和昏厥折磨了一整晚。我的皮膚在灼燒，全身都在灼燒，但我咬緊牙關，死命地牢牢躺在那裡。怪不得那隻貓會哀號個不停，直到我給牠施用氯仿。幸好我是一個人住，是個被忽略的人。我時而抽噎，時而呻吟，時而自言自語。我堅持了下來。我失去了知覺，後來在黑暗中慢悠悠地甦醒過來。

「疼痛終於過去了。我覺得自己在自殺，但我不在乎。我永遠忘不了那個黎明，也忘不了那種奇怪的恐懼：我看到自己的雙手變得像毛玻璃一樣，看著它們隨著時間的流逝越來越透明、越來越薄，直到我閉上透明的眼簾，隔著透明的雙手，看到房間裡令人作嘔的凌亂景象。我的四肢也變得光亮透明，骨頭和動脈都逐漸消失了，最終連白色的小神經也消失了。我咬緊牙關，堅持待在那裡，直到最後一刻。最後只能看見蒼白的指

甲尖和手指上酸性液體留下的褐色斑點。

「我掙扎著站了起來。起初我像襁褓裡的嬰兒一樣柔弱無力，用看不見的雙腳邁著步子。我虛弱極了，肚子也很餓。我走到剃鬚鏡前，但鏡子裡什麼也沒有，唯一能照見的是視網膜後面殘留著的一層比霧還淡的色素。我緊緊抓住桌子，把前額貼在鏡子上才能看清。

「我憑藉瘋狂的意志力，把自己拖回儀器前，完成了整個實驗。

「我把被單拉到眼睛上方擋住光線，睡了一上午。中午時分，我又被敲門聲吵醒了。我恢復了元氣，坐起來豎耳傾聽，聽到一聲低語。我一躍而起，輕手輕腳地把儀器的接頭拆開，將它們分散放在四處，以銷毀曾經組裝在一起的跡象。敲門聲又響了起來，夾雜著叫門聲，先是我的房東，然後是另外兩個人。為了爭取時間，我應了一聲。接著我抓起被我隱掉的呢絨和枕頭，打開窗戶，把這些東西扔到水箱蓋上。窗戶剛一打開，門就被重重地撞了一下。有人試圖把門鎖撞開。我幾天前裝了一個結實的插銷，這時候派上了用場。我又驚又怒，身體直發抖，趕緊加快動作。

「我把廢紙、稻草、包裝紙等等堆在屋子中央，然後打開煤氣。我聽見拳頭像雨點般砸在門上。我找不到火柴，氣得咚咚捶牆。我關上煤氣，爬到窗外的水箱蓋上，輕輕地放下窗扇，然後坐了下來，觀看屋裡的動靜。這裡很安全，他們也看不見我，但我還是氣得渾身發抖。我看到他們劈開一塊木板，接著就敲掉插銷上的釘子，站在洞開的門口。是房東和他的兩個繼子，兩個二十三、四歲的壯漢。樓下那個老醜婆焦躁地跟在他們身後。

「你可以想像他們發現屋裡空無一人時的驚訝。一個年輕人立刻衝到窗前，推開窗扇向外張望。他瞪大的眼睛、厚厚的嘴唇和滿臉的大鬍子離我的臉僅有一英尺遠。我忍住了對著那張傻臉來一拳的衝動。他盯著我看。其他人也跟著他盯著我看。房東老頭檢查了床底下，然後他們齊齊衝到櫥櫃前。他們用意第緒語和倫敦腔爭論了老半天，最後斷定剛才我並沒有答話，是他們的幻覺欺騙了他們。老太婆也進來了，像隻貓一樣一臉疑惑地東看西看，試圖理解我的行為之謎。我坐在窗外看著這四個人，一股歡欣之情油然而生，怒氣也就消了。

「我大致聽得懂老頭說的方言，他說他同意老太婆的看法，認為我是個活體解剖專家。兩個繼子用含混不清的英語表示異議，說我是個電氣技師，因為現場有發電機和輻射器。事後我發覺他們把前門閂上了，不過他們依然緊張得要命，顯然是怕我突然回來。老太婆也把櫥櫃和床底下檢查了一遍，一個年輕人推開煙囪的擋板，從煙囪裡朝上張望。這時住在對門的蔬菜小販（他和一個屠夫合租）出現在樓梯口，他們把他叫了進來，前言不搭後語地把經過講給他聽。

「我突然想到，如果輻射器落入受過良好教育的聰明人手中，那我的祕密就暴露了。於是我伺機爬回房間，兩臺小發電機正上下疊在一起，我把上面一臺推翻，兩臺機器應聲都摔碎了。趁著他們給摔碎聲尋找一個解釋的時候，我溜出房間，輕輕地下樓了。

「我走進一間客廳，等他們下來。他們下來的時候仍在胡亂猜想、爭論不休，都對沒有發現『恐怖的事』略感失望，並對我的身分來頭頗感不解。我拿著一盒火柴溜了上去，將那堆紙張和垃圾點燃，把椅子和被褥也扔進火堆裡，用一根橡皮管將煤氣引過來，然後向這間屋道永別。」

「你一把火把房子燒了！」肯普叫道。

「是的，一把火把房子給燒了。這是掩蓋我蹤跡的唯一辦法——當然，這房子投過保。我悄悄拉開前門的門閂，走到了街上。我是隱形的，我剛剛開始意識到隱形給我帶來了多麼非凡的優勢。我的腦子裡已經充斥著瘋狂而美妙的計畫，現在我可以肆無忌憚地放手去做了。」

第二十一章 牛津街

「下樓時，我遇到了意想不到的困難，因為我看不見自己的腳。事實上，我絆倒了兩次。拉門閂時也很彆扭。不過只要眼睛不往下看，我在平地上走得還不錯。

「我說呀，我心裡揚揚得意。我就像一個視力健全的人，穿著軟墊鞋和不發出聲響的衣服，行走在一個全是盲人的城市。我有一種強烈想要捉弄人的衝動，想嚇唬別人，拍拍他們的後背，或是把他們的帽子摘下來扔掉。總而言之，我陶醉於自己的非凡優勢。

「但我剛走到大波特蘭街（**我的住處在一家大布店附近**），只聽砰的一聲，我的後背被猛地撞了一下。我轉過身一看，只見一個提著一籃子蘇打水瓶的傢伙正驚愕地看著自己的籃子。雖然被撞得很痛，但我被他的神情逗樂了，控制不住地大笑起來。『籃子裡有鬼。』我說著，一把搶過籃子。他不由自主地鬆開了手，於是我就把整個籃子拋向空中。

「有個傻乎乎的馬車夫站在一家酒館外面，見狀便衝了過來，想要接住籃子。他的手指戳到了我耳根，痛得我受不了，就任由籃子砸到了他身上。周圍響起了叫喊聲和腳步聲，大家匆匆跑出商店，車輛紛紛停在路邊，我這才意識到自己惹了麻煩。我一邊罵自己愚蠢，一邊背靠櫥窗，準備伺機逃脫。我差一點就被擠進人群中了，那樣的話，肯定會被人發現。我推開一個小肉販，躲到馬車夫的四輪馬車後面，幸好他沒有轉過身來，也就沒看到是一個子虛烏有的東西在推他。這個亂哄哄的場景是怎麼收場的，我不得而知，反正我急匆匆地穿過一條通暢的街道，由於害怕被發現，我慌不擇路地只顧向前走，接著就鑽進了牛津街下午的人潮中。

「我想融入人群，但對我來說，人太多了，一轉眼我的腳跟就被踩到了。於是我就沿著排水溝走，但排水溝的表面粗糙不平，走得我雙腳都痛了。一輛出租馬車緩緩駛過，車轅猛地戳到我的肩胛骨下方，提醒了我後背瘀青得厲害。我踉蹌著給馬車讓路，又急忙避開一輛嬰兒車，跟在馬車後面。我靈機一動，乾脆就緊緊跟在慢吞吞的馬車後面。我渾身顫抖，驚歎於自己的冒險之旅。那是一月分的一個晴天，路上那層薄薄的爛泥凍住了，而我全身沒有一絲衣服遮體。現在想來，我可真夠蠢的，都沒想到無論身體透明與否，都得禁得起天氣及其後果的檢驗。

「我又冒出一個好主意。我繞到前面，爬上馬車。我抖個不停，膽戰心驚，還抽著鼻子──那是感冒的前兆，而背上的瘀傷也愈發疼痛了。馬車載著我慢慢行駛在牛津街上，駛過托特納姆法院路。可以想像，我的心情和十分鐘前出發時大不相同。這隱形術可真行！眼下我滿腦子想的都是如何擺脫窘境。

「出租馬車緩緩駛過穆迪圖書館時，一個手拿五、六本貼著黃色標籤的書的高個子女人招手打車。我及時跳車避開了她，逃竄時差點被一輛鐵路貨車撞飛。我沿著通往布魯姆斯伯里廣場的車道奔逃，打算向北經過博物館，進入一個安靜的區域。我冷得要命，這種奇怪的處境也令我深感不安，我不禁邊跑邊抽泣起來。在廣場的西角，從藥學會的辦公室裡跑出一隻小白狗，無法控制地一路嗅著朝我衝來。

「鼻子之於狗就如同眼睛之於人，我以前從未意識到這一點。狗能嗅出人的氣味，正如人有視覺一樣。這隻畜生又吠又跳，看來一定是察覺到我了。我穿過大拉塞爾街，回頭看了兩眼，然後沿著蒙太古街跑了一段，這才知道自己在往哪個方向跑。

「這時傳來一陣刺耳的音樂聲，我循聲沿著街道望去，見許多人正從拉塞爾廣場擁出來，他們身穿紅衫，領頭的打著救世軍的旗幟。這麼一大群人，在馬路上反覆高唱、在人行道上大聲取笑，我不可能穿進去的，往回走，我又害怕離家越來越遠。一時衝動之下，我跑到博物館圍欄對面一座房子的白色臺階上，打算等人群通過再下來。幸好，那隻狗在樂隊的喧鬧聲中停了下來，躊躇了一下，掉頭跑回布魯姆斯伯里廣場去了。

「樂隊過來了，大聲唱著聖歌，『我們何時才能見主的臉』？聲音裡帶著無意識的諷刺。人群如潮水一般，從我面前的人行道上沖刷而過，對我來說無比漫長。咚、咚、咚，轟隆隆的鼓聲由遠及近，發出迴響。我沒注意到有兩個頑童站在離我不遠的欄杆旁。

「『看這個。』一個孩子說。

「『看什麼？』另一個問。

「『怎麼回事，這些腳印——赤腳的腳印。跟你在爛泥裡留下的一樣。』

「我往下一看，見兩個孩子停下腳步，目不轉睛地盯著我在新粉刷的臺階上留下的泥濘腳印。路過的人用手肘推擠他們，但他們該死的好奇心被激發了。『咚，咚，咚，何時，咚，才能見，咚，主的臉，咚，咚，咚。』『有個赤腳的人跑臺階上去了，不然講不通，』一個孩子說：『他肯定沒有下來過，而且他的腳在流血。』

「人潮總算過去了。『瞧，泰德！』年紀稍小的偵探指著我的腳，尖叫著說。我低頭一看，地上有兩隻腳的模糊輪廓，是用泥點子勾勒出來的。我一時呆若木雞。

「『怎麼回事，太奇怪了，』大一點的孩子說：『見鬼了！難道那是鬼的腳印？』

「他猶豫了一下，伸手向我抓來。一個男人停下來看他在抓什麼，然後是一個女孩。眼看就要抓到我了。我知道該怎麼做了。我向前邁了一步，男孩驚呼一聲，直往後退。接著我飛身鑽進隔壁家的門廊。然而年紀稍小的那位目光夠敏銳，捕捉到了我的動作。我還沒跑下臺階衝到人行道上，他就從驚愕中恢復過來，大聲喊著說兩隻腳已經逃走了。

「他們跑了過來，看到了我在最下面幾級臺階和人行道上留下的腳印。

「『發生什麼事了？』有人問。

「『腳！看！兩隻腳在跑！』

「除了我身後的三個追兵外，路上的人都跟著救世軍向前擁去，人群不僅擋住了我，也擋住了他們。一陣七嘴八舌的驚訝和詢問。我撞倒一個年輕人才衝出重圍，接著就繞著拉塞爾廣場跑起圈來。六、七個吃驚的傢伙循著我的腳印緊追不捨。幸好他們沒有時間向人解釋，否則所有的人都會跟著追來。

「我跑了兩圈，橫穿三次馬路，然後返回自己的老路上。我的腳變得又熱又乾，泥水印漸漸消失了。我終於有了喘息的機會，用手把腳擦乾淨，就這樣一走了之。最後，我看到大約十來個追兵一頭霧水地研究一個快要乾了的腳印——那是我在塔維斯托克廣場踩到一個小水坑的結果——這個孤零零的腳印讓他們感到不可思議，那種心情就跟克盧梭[1]在海邊發現一個人的赤足腳印時一樣。

「這一路的奔跑讓我暖和起來，也讓我有勇氣走上迷宮般的僻路。我的後背變得僵硬又酸痛，扁桃體被馬車夫的手指戳得生疼，脖子也被他的指甲抓破了。我的雙腳疼痛難忍，有隻腳因為劃傷瘸了。我看見一個瞎子向我走來，連忙一瘸一拐地逃開，我害怕瞎子敏銳的直覺。有那麼一兩次，我意外跟人相撞，把他們嚇得驚恐萬狀，我還留下兩句無法解釋的咒罵在他們耳邊迴響。穿過廣場的時候，有樣東西悄然無聲地觸摸我的臉，是一層慢慢飄落的薄雪花。我感冒了，竭力忍著不打噴嚏，但偶爾還是會打出來。

我看見的每條狗都用尖鼻子好奇地嗅來嗅去，弄得我膽戰心驚。

「接下來，我看到大人和小孩在奔跑，先是一個，後來越來越多，一邊跑一邊尖叫。有地方著火了。他們朝我住所的方向跑去，我轉身望向那條街，見屋頂和電話線上冒出滾滾黑煙。是我的住所在燃燒，除了我的支票簿和在大波特蘭街等著我的三本記事簿外，我的衣服、儀器和物品都在那裡。燒吧！我破釜沉舟了——真有人會這麼做！那裡火光沖天。」

隱形人停下來思索。肯普緊張不安地瞥了一眼窗外。

「是嗎？」肯普說：「請繼續說。」

1 克盧梭（Crusoe），指《魯賓遜漂流記》主人公魯賓遜・克盧梭。

第二十二章 在百貨商場

「一月的天空開始刮起暴風雪——如果落在我身上，就會暴露我的行蹤！我又累又冷又痛，身上說不出的難受，對自己隱形的能力依然半信半疑。就這樣，我開啟了我所致力於的新生活。我沒有避難所，沒有家用器具，在這個世界上沒有一個可以信賴的人。跟別人傾吐祕密等於暴露自己，讓自己成為別人眼中的罕有品種。儘管如此，我還是想跟路人搭訕，乞求他們的幫助。但我再清楚不過，這麼做會招致多麼恐怖和殘忍的後果。我走在街上，沒有進一步的計畫。我一心只想找到一個可以躲避風雪的地方，弄點衣服遮體，讓自己先暖和起來，然後再作下一步打算。但是倫敦一排排的房子門窗緊鎖、固若金湯，連我這個隱形人都休想進入。

「只有一件事我看得清清楚楚，那就是暴風雪的夜晚，全身赤裸的寒冷和痛苦。

「我想出一個高明的主意。我拐到一條從高爾街通往托特納姆法院路的路上，來到歐姆尼姆百貨商場門前。你們知道這地方，裡面應有盡有，肉類、雜貨、織品、家具、衣服，甚至還賣油畫。與其說是一家商店，不如說是一大堆迷宮般的商店。我本以為門是開著的，卻發現都關著。我站在寬闊的入口時，一輛馬車在外面停了下來，一個穿制服的人猛地把門推開。他的帽子上印著歐姆尼姆的字樣，你知道這種人。我跟在他後頭進去了，經過一個售賣絲帶、手套、長襪之類商品的區域，來到一個更寬敞的地方，那裡專門賣野餐籃和柳條家具。

「但是那裡人來人往，讓我覺得不安全。我不安地悄悄來回遊走，最後在樓上發現一個放著大量床架的開闊區域。我終於在一大堆折疊起來的毛絨床墊中找到一個安身之處。裡面已經亮了燈，溫暖宜人，我決定待在這裡，密切注視那兩三組走來走去的店員和顧客，直到店裡打烊。然後我就可以去偷取食物、衣服，把自己喬裝起來，在店裡潛行，查看商品，也許還能在鋪蓋上睡一覺。這似乎是一個可以接受的計畫。我得弄到衣服，把自己包裹起來，裝扮成一個可以接受的人，再去弄錢，取回我的記事簿和包裹，最後找個地方住下來，制訂計畫，以便將隱形術給予我的優勢發揮到極致（現在我還這麼想）。

「打烊時間很快就到了。我在床墊上待了不到一個小時，就看到窗簾被拉下來，顧客魚貫而出。一群手腳俐落的年輕人熱烈地整理起被翻亂的商品。見顧客漸漸都走了，我離開自己的藏身處，悄然走向平日裡人流量沒那麼稀少的區域。年輕的男女店員在收拾白天陳列的商品，速度之快令我大為驚訝。一盒盒的商品、掛著的織物、花彩飾物、雜貨部的糖果盒、各式各樣的陳列品被收起來折疊好，塞進整潔的箱子。拿不下來的就將看起來像是粗麻布的粗布甩上去遮住。最後，所有的椅子都被翻過來放在櫃檯上，地板上也被收拾得乾乾淨淨。工作一做完，他們就向門口奔去，那一臉的活力我很少能在店員臉上看到。接著來了許多少年，他們提著水桶和掃帚，往地上撒鋸屑。我不得不趕緊躲開，事實上，我的腳踝被鋸屑刺得生疼。我在已經放下窗簾的黑漆漆的區域裡徘徊了一會兒，耳畔是掃帚沙沙的掃地聲。打烊一個小時後，終於傳來了鎖門聲。周圍一下子被寂靜籠罩，只剩下我獨自一人在這龐大而複雜的商店、畫廊和陳列室裡四處遊蕩。真的太寂靜了，在靠近托特納姆法院路的一個門旁邊，我聽到了路人鞋跟輕敲地面的聲音。

「首先，我來到賣男襪和手套的地方。這裡很黑，我拚命地尋找火柴，終於在小收銀櫃的抽屜裡找到了。我還需要一支蠟燭。我撕下包裝紙，翻遍好幾個盒子和抽屜，最後終於找到了我想要的東西，一個標籤上寫著羊毛褲和羊毛背心的盒子。然後我找到了短襪和厚圍巾。接著我來到服裝部，弄到一條褲子、一件休閒西裝、一件大衣和一頂垂邊軟帽——就是牧師戴的那種帽簷往下翻的帽子。我又覺得自己是一個人了，接下來該找吃的。

「樓上有點心部，我在那裡找到了冷肉。壺裡還有咖啡，我打開煤氣熱了一下，整體而言我做得還不錯。我四處尋找毯子未果，最後不得不將就著使用一堆羽絨被。雜貨部裡有的是巧克力和蜜餞（對我來說太多了些），還有白勃根地。一旁是玩具部，我有了一個好主意。我看到了假鼻子，你知道，就是那種人造鼻子，由此我想到了墨鏡。但是歐姆尼姆沒有眼鏡部。我的鼻子是個難題，我一度想過畫一個。這個發現讓我繼而想到假髮、面具之類的東西。最後我蜷在一堆溫暖舒適的羽絨被裡，進入了夢鄉。

「入睡前的最後一個念頭愉悅極了，隱形以來我從未那麼愉悅過。我的身心安寧而平靜。我想我明早應該可以穿著衣服偷偷地溜出去，用白包裝紙遮住臉，再用偷來的錢購買墨鏡等物品，完成喬裝打扮。我陷入了雜亂無序的夢境，夢到的全是過去幾天發生的奇妙事情。我看見醜陋的猶太房東在他的房間裡大聲叫嚷，看見他的兩個繼子驚呼連連，看見滿臉皺紋的老婦人向我索要她的貓。目擊白呢絨化為無形時的奇異感覺再度襲來，我來到迎風的山坡上，抽著鼻子的老牧師咕噥著『塵歸塵，土歸土』，父親的墓穴門戶洞開。

「『你也進來。』一個聲音說。緊接著我就被強行往墓裡拖。我拚命掙扎，向弔唁者大聲呼救，但是他們無動於衷，繼續舉行葬禮。老牧師也是一樣，自始至終都在抽著鼻子嘮嘮叨叨。我意識到他們既看不見我，也聽不見我的呼喊，而那股壓倒性的力量牢牢地攫住了我。我徒勞地掙扎著，被拖到墓穴旁邊，只聽一聲低沉的悶響，我掉到了棺材上，一鏟又一鏟的礫石劈頭蓋臉地飛落下來。沒有人注意到我，沒有人知道我的存在。我猛烈掙扎著，忽然驚醒過來。

「倫敦昏暗的黎明已經來臨，死灰色曙光透過窗簾的邊緣照射進來，灑滿整個屋子。我坐起身，看著寬敞的房間和裡面的櫃檯，一堆堆捲起來的東西、被子和墊子，還有鐵柱，一時間忘了自己身在何處。當記憶開始回來時，我聽到了談話聲。

「遠處一個部門已經捲起窗簾，顯得明亮得多，我看見兩個人從那邊向我走來。我一骨碌爬起來，四下張望，尋找脫身的路線。他們被我發出的聲響驚動了。我想他們看到了一個人影在悄悄地疾步離開。『那是誰？』一個人喊道。『站住！』另一個人喊道。我衝過一個轉角，全速撞上一個十五歲的瘦高男孩——請注意，我是一個無臉人！男孩被我撞翻了，失聲驚叫起來。我從他身邊衝過，又轉了一個彎，然後機靈地躺到櫃檯後面。一連串急促的腳步聲從我身邊經過，我聽到有人在喊『快把門守住！』、『什麼情況？』還有人在出主意怎麼捉拿我。

「我躺在地上，嚇得魂不附體。但奇怪的是，當時我沒想到脫衣服，我應該那麼做的。我想我已經下定決心要穿著衣服逃走，這個念頭支配了我。就在這時，櫃檯前有人喊道：『他在這裡！』

「我一躍而起，從櫃檯上抄起一把椅子，擲向那個嚷嚷的傻瓜。我轉過身，在轉角處又撞到一個，我一拳打得他暈頭轉向，然後衝上樓梯。他站穩腳跟，『哎喲』了一聲，便向我追來。樓梯上堆了好多顏色鮮豔的陶罐——它們叫什麼來著？」

「藝術陶罐。」肯普提醒說。

「對！藝術陶罐。嗯，我跑到最上面一級臺階，轉過身來，從陶罐堆裡抱起一個，在他向我撲來時狠狠地砸到他愚蠢的腦袋上。整堆罐子都滾了下去，叫喊聲和腳步聲從四面八方傳來。我瘋了似的向點心部奔去，一個穿白衣服的廚師打扮的人朝我追來。我拚了命地轉了最後一個彎，發現周圍全是燈具和五金。我躲到櫃檯後面，等廚子衝到近前時，我拿起一盞燈朝他砸去。他痛得直不起腰來，倒下去了，我趕緊蹲在櫃檯後，盡可能快地脫衣服。大衣、休閒西裝、褲子和鞋子都順利脫下來了，但羊毛背心就像附在皮膚上一樣，怎麼也脫不下來。我聽到更多人來了。廚師悄無聲息地躺在櫃檯那頭，不是驚呆了就是嚇呆了。我不得不再度向外衝去，像被獵人趕出柴堆的兔子。

「『警察，這邊！』我聽到有人在喊。我發現我又回到了那個存放床架的區域。它的另一頭是一大堆衣櫃，我衝到衣櫃之中，躺倒在地，扭動了許久才終於把背心脫掉。當警察和三個店員從轉角處走過來的時候，剛剛恢復自由身的我正氣喘吁吁、驚恐萬分。他們撲向背心和褲子，一把揪住褲子。『他正在扔掉贓物，』一個年輕人說：『他一定還在這裡。』

「但是他們照樣找不到我。

「他們在我眼皮底下尋找我，我看著他們，暗罵自己運氣真差，把衣服給弄丟了。

然後我走進點心部，找到點牛奶喝了，坐在爐邊細想自己的處境。

「過了一會兒，兩個店員走了進來，他們眉飛色舞地談論著剛才的事，像兩個十足的傻瓜。聽到他們誇大我的行徑、胡亂猜測我的下落，我不禁又盤算起來。商店的人都被驚動了，把贓物帶出去可謂難上加難。我走進倉庫，想看看是否有機會打個包裹、寫上地址，但我不瞭解這裡的歸檔系統。十一點左右，大雪初融，天氣比前一天好，稍微暖和了一點。我對這家百貨商場不再抱有幻想，便走了出去。計畫泡湯令我惱怒，至於下一步該怎麼走，我腦子裡只有模糊的概念。」

第二十三章
在德魯里巷

「隱形給我帶來了諸多劣勢，現在你知道了吧，」隱形人說：「我沒地方住，沒有衣服穿。一旦穿上衣服，就等於放棄了我所有的優勢，把自己變成一個怪誕又可怕的東西。我還在禁食，因為尚未消化的食物會顯現出怪異的形影。」

「這個我從沒想過。」肯普說。

「我以前也沒想過。下雪天也提醒過我其他危險。雪天我不能去戶外，雪花落到身上會讓我現形；雨也一樣，會使我成為一個水汪汪的輪廓，一個晶瑩發亮的人形水泡；還有霧——霧中的我就像一個朦朧的氣泡，一個閃著微光的人形氣泡。此外，身處倫敦的室外，我的腳踝會沾染塵土，皮膚會沾上煤灰。我不知道自己再過多久會現出原形，但我很清楚用不了太久。」

「在倫敦是用不了太久。」

「我走進大波特蘭街附近的貧民窟，來到我住的那條街的盡頭。我沒有往裡走，因為街上擠著好多人，面朝著被我放火燒掉的那座房子。房子已經成了廢墟，還冒著黑煙。當務之急是弄到衣服。怎麼處理我的臉也是個問題。我看到一家小雜貨店，售賣報紙、糖果、玩具、文具、遲來的聖誕玩具，諸如此類——店裡還擺放著一批假鼻子和面具。我意識到臉的問題已經迎刃而解——我瞬間找到了處理問題的方法。我轉過身，不再漫無目的地遊蕩，而是繞開繁忙的馬路，向斯特蘭德大街的後街走去。我依稀記得那一帶有幾家賣戲裝的商店。

「天很冷，南北向的街道上刮著凜冽的寒風。我步履匆匆，以防被人追上。每個十字路口都意味著危險，每個過路行人都得提防。在貝德福德街的街口，我正從一個行人身邊走過，不料他倏地轉過身來，和我撞了個滿懷。我被撞到路中央，險些滾到一輛出租馬車的車輪下。馬車夫以為他中風了。我被嚇得不知所措，走進科芬園市場，找了個安靜的角落坐了一會兒，旁邊是一個紫羅蘭花攤。我氣喘吁吁，直發抖。我明白自己感冒了，此地不宜久留，因為打噴嚏會引起別人的注意。

「我終於找到了我的目的地。在德魯里巷附近一條偏僻的小路上，有一家髒兮兮的小店，櫥窗裡擺滿了金箔長袍、假珠寶、假髮、拖鞋、連帽斗篷和劇照。店鋪很老式，又矮又暗，上頭還有四層，感覺很陰沉。我透過櫥窗往裡張望，見裡面沒人，就進去了。門一推開，叮噹的鈴鐺聲響了起來。我沒有關門，繞過一個空衣架，走到可轉穿衣鏡後面的角落裡。大約一分鐘後，我聽到沉重的腳步聲穿過房間，一個男人出現在眼前。

「我的計畫已經完全明確了。我打算潛入屋裡，藏到樓上伺機行事。等一切安靜下來，就出來翻找假髮、面具、眼鏡和戲裝，把自己裝扮好再重返世界。也許看起來很怪異，但至少是個人的樣子。順便說一句，我當然可以把翻出來的錢全部帶走。

「來人身材矮小、背有點駝、濃眉、長手、羅圈短腿。我顯然打斷了他吃飯。他用期待的神情掃視著店面。他看到裡面空無一人的時候，先是面露驚訝之色，然後惱怒起來。「該死的搗蛋鬼！」他說。他走到街上來回張望，一會兒又進來了，朝前門狠狠踹了一腳，嘟囔著向裡屋的門走去。

「我上前跟在他後面，他聽到我的動靜，突然停住腳步。我被他敏銳的聽覺嚇了一跳，也停住了腳步。他在我面前砰地把門關上。

「我站在那裡猶豫不決時，急促的腳步聲又回來了。門開了，他伸長脖子朝裡面四下掃視，一臉的不相信。接著他到櫃檯和固定設施後面查看了一番，嘴裡喃喃自語。最後他滿腹狐疑地站住了。他沒關裡屋的門，我趁機溜了進去。

「那是一個奇怪的小房間，陳設簡陋，牆角堆放著許多大號面具。桌上擺著他延誤的早餐，肯普，他進來繼續吃早飯時，我不得不聞著咖啡的香味站著看他吃，把我氣得七竅生煙。他的餐桌禮儀也讓我一肚子火。小小的裡屋有三扇門，一扇通往樓上，一扇通往樓下，但是都關著。他在屋裡我就出不去，事實上我動都不能動，因為他十分警覺。穿堂風吹到我背上，我兩度及時憋住了噴嚏。

「雖然好奇是我骨子裡的一大天性，但早在他吃完早飯之前，我就已經非常疲倦和憤怒了。他總算吃完了，把乞丐般的碗放在一個黑色錫托盤上（**托盤上還放著一個茶壺**），再把沾了芥末的桌布上的麵包屑聚攏到一起，然後一股腦兒全帶走了。他手上東西太多，沒法關上身後的門——我從沒見過這麼喜歡隨手關門的人。我跟著他來到地下室，走進髒亂不堪的廚房和洗滌室。一開始我很高興，看到他忙著洗碗，但後來我發現待在下面沒什麼好處，腳踩在地磚上冷得要命，便回到樓上，坐在爐火邊的椅子上。爐火燒得不夠旺，我想都沒想就往裡添了一點煤。聽到聲響，他立馬上來了，瞪大眼睛東張西望，差點碰到我。仔細看了半天後，他似乎還不放心，下樓之前，他站在門口又朝裡審視了一遍。

「我在裡屋等了許久，他才終於上來，打開通往樓上的那扇門。我緊隨其後。

「在樓梯上，他突然停了下來，我差點撞到他身上。他回過頭來，盯著我的臉，傾耳細聽。『我敢發誓。』他說。他用毛茸茸的手拉扯著下嘴唇，眼睛在樓梯上來回打轉。然後他哼了一聲，繼續往上走。

「他剛握住門把手就愣住了，臉上還是那副既惱火又困惑的表情。他注意到了周圍細微的動靜。這個傢伙的聽覺太敏銳了。他勃然大怒。『要是這屋裡有人的話……』他咒罵了一聲，沒有把威脅的話說完。他把手伸進口袋裡，沒有摸到他想要的東西，於是他從我身邊跌跌撞撞、咄咄逼人地下樓去了。我沒有跟著他下去，而是坐在樓梯口等他回來。

「不一會兒他又上來了，嘴裡還在嘀嘀咕咕。他打開房門，我還沒來得及進去，門就砰地在我眼前關上了。

「我決意探訪這座房子，盡可能不發出任何聲響。房子很老舊，搖搖欲墜，也很潮溼，閣樓上的壁紙剝落了，老鼠成災。有些門把手不靈活，我不敢去扭。我探查了幾個房間，有的是空的，有的亂七八糟地堆滿了舞臺道具，從外表看是二手貨。我在隔壁房間發現許多舊衣服。我迫不及待地翻揀起來，一時間忘記了他生就一雙敏銳的耳朵。突然間，耳畔傳來鬼鬼祟祟的腳步聲，我抬頭一看，他正盯著翻亂的衣服看呢，手裡握著一把老式左輪手槍。我一動不動地站著，他張大了嘴，眼神裡充滿了疑惑。

「『一定是她，』他慢吞吞地說：『該死的！』

「他輕輕地關上門，接著是鑰匙轉動的聲音。他的腳步聲消失了。我忽地意識到自己被鎖在屋裡了。我不知道該怎麼辦，從門口走到窗口，又從窗口走到門口，最後站在那裡不知所措。一股怒火躥了上來，不過我決定先找到衣服再作打算。我從架子上取下一疊，結果這動靜又把他驚動了，他折了回來，神情更加邪惡。這一次他碰到我了，不禁驚愕地往後一跳，大驚失色地站在屋子中央。

「過了一會兒，他稍稍平靜了一點。『老鼠。』他低聲說，手指放在唇上。他顯然有點害怕。我躡手躡腳地往門口挪動，誰料一塊木板驀地嘎吱一響。這個可憎的小畜生開始握著槍滿房子跑來跑去，把門一扇扇鎖上，鑰匙裝進口袋裡。看出他的企圖後，我怒不可遏，沒耐心再耗下去了。我已經知道房子裡只有他一個人，所以我不再耽擱，直接照著他腦袋狠狠來了一記。」

「你照著他腦袋來了一記！」肯普驚叫道。

「是的，把他打暈了。掄起樓梯口的一張凳子，趁他下樓時從後面給他來了一記。他像一袋舊靴子一樣滾下樓去了。」

「但是——！我說！人類的共同準則——」

「那是對一般人定的。但是，肯普，我得喬裝打扮走出那所房子，還不能讓他發現。沒別的辦法了。我用一件路易十四時代的背心堵住他的嘴，再把他捆在床單裡。」

「把他捆在床單裡！」

「捆得像個麻袋似的。這真是個好主意，這樣一來，那個白癡就害怕了、老實了。繩結打在腳那頭，他想出來比登天都難。親愛的肯普，別那樣瞪著我，好像我殺了人似的，這樣不好。我別無選擇，他有左輪手槍。他一旦看到我，就能跟別人形容我——」

「但這是在今日的英國，」肯普說：「那人待在自己家裡，而你在——搶劫。」

「搶劫！該死的！接下來你就要說我是賊了！當然，肯普，你還沒笨到那個地步。

你難道看不到我的處境嗎？」

「那他的處境呢？」肯普說。

「你這話什麼意思？」隱形人霍地站了起來。

肯普的臉色變得有點難看。他正要接話，但克制住了。

「我想，畢竟，」他突然換了語氣說：「你必須這麼做。你陷入困境了。可是——」

「我當然陷入了困境——地獄般的困境。他在房子裡四處找我，拿著左輪手槍揮來揮去，一會兒開門一會兒鎖門，我都被他搞瘋了。他就是在激怒我。你不會責怪我吧？你不怪我吧？」

「我從不責怪任何人，」肯普說：「現在不流行這套了。你接下來做了什麼？」

「我餓了。我在樓下找到一條麵包和一些難聞的乳酪——足夠消除我的飢餓感。我喝了點兒水的白蘭地，然後直接上樓，經過我即興捆紮的袋子——他靜靜地躺在裡面——走進堆了好多舊衣服的房間。這間屋子臨街，兩塊髒得發黑的網眼窗簾把守著窗戶。我透過窗簾的縫隙凝視著窗外。外面很明亮，明亮得刺眼，與房子裡的陰暗形成鮮明對比。一隊車流輕快地駛過，有幾輛賣水果的馬車、一輛出租用的兩輪馬車、一輛裝載著箱子的四輪馬車和一輛裝魚的運貨馬車。我轉過身，看著身後幽暗的陳設，眼前金星亂舞。我的興奮感又讓位給了對自己處境的擔憂。屋裡彌漫著一股淡淡的苯汽油味，我想那是用來清洗長袍的。

「我開始全面搜索。看得出這個駝子獨居很久了。他真是個怪人。我把可能用得著的東西都拿進藏衣室，然後再仔細篩選。我找到一個還滿合適的手提包，還有一些撲面粉、胭脂和橡皮膏藥。

「我本想在臉上塗脂抹粉，使別人能看得見我，但這樣做的缺點在於，我需要松節油等物品來讓我再度消失，而且這個過程相當漫長。最後我選了一個模樣還不錯的面具（有點怪異，但跟很多人的長相比起來還算湊合）、一副墨鏡、一把灰鬍子和一頂假髮。我沒找到內衣，不過以後可以買。我暫時用白棉布連帽斗篷和白色山羊絨圍巾把自己包裹了起來。我也沒找到襪子，還好駝子的靴子很寬鬆，能將就著穿。店裡一張桌子上放著三個金鎊和大約三十先令的銀幣，裡屋還有個鎖著的櫃子，我打開後找到八鎊金幣。我夠格重返這個世界了。

「接著我莫名其妙地遲疑起來。我的外表真的可信嗎？我對著臥室裡的小鏡子照來照去，從各個角度審視自己，沒有發現任何破綻。我模樣古怪，像是戲劇裡的守財奴，但是身形如常。我鼓起信心，拿著鏡子走到店裡，拉下窗簾，借助牆角的可轉穿衣鏡，從各個角度打量自己。

「我花了幾分鐘鼓足勇氣，然後推開店門，大踏步走到街上。我扔下那小矮子不管了，他想什麼時候掙脫出來就什麼時候吧。五分鐘後，我已經拐過了十二個路口。似乎沒有人特別留意我。最後一道難題也許已經解決了。」

他說完停了下來。

「你就不擔心那個駝子了？」肯普說。

「不，」隱形人說：「我也沒聽說他後來怎樣了。他自己解開或是自己踹開了吧。結打得可緊了。」

他沉默不語了，走到窗前凝視著外面。

「你到了斯特蘭德大街以後呢？」

「噢！又讓我大失所望。我還以為麻煩結束了呢。我以為只要不洩露天機，就可以為所欲為。無論我做了什麼、後果如何，都可以免受懲處。衣服脫了一扔，我就人間蒸發了。沒人抓得住我，我可以見錢就拿。我決定先大快朵頤一頓，然後找間好旅館住下，再累積一筆財產。我的自信心簡直爆棚了——現在回想起來並不愉快，我可真夠傻的。我走進一家餐館，開始點午餐，這時我才意識到想吃東西的話，就得暴露我看不見的臉。我點完菜，跟侍者說十分鐘後回來，然後惱羞成怒地出去了。我不知道你是否對自己的胃口感到失望過？」

「倒還沒有，」肯普說：「但我可以想像。」

「我真想揍餐館裡的那些混蛋。最後我抵擋不住美味的誘惑，去了另一家館子，要了一個包廂。『我毀容了，毀得很嚴重。』我說。他們向我投來好奇的目光，當然這不干他們的事，所以我終於吃到了午飯。這一頓沒那麼豐盛，但對我來說足夠了。吃完後，我點上一支雪茄，醞釀起下一步計畫。外面下起了暴風雪。

「肯普，我越想就越覺得自己如此荒唐無助，一個隱形人，處在這天氣寒冷惡劣、人潮擁擠的文明都市裡。在我做這個瘋狂的實驗之前，我想像過隱形的上千個好處，然而那天下午，隱形似乎成了令人失望透頂的事情。我在腦海裡列舉過男人想要擁有的東西。毫無疑問，隱形能讓我得到那些東西，然而一旦擁有後，我卻無福消受。抱負——

如果不能露面，那身居高位又有何意義？如果女人的名字必須是黛利拉[1]，那擁有愛情又有何意義？我不喜歡政治，不喜歡逐名，不喜歡慈善，不喜歡體育。我該怎麼辦？我成了一個包裹起來的奧祕，一個包紮著繃帶的漫畫人物！」

他停頓了一下，好像瞥了一眼窗戶。

「你是怎麼到伊平的？」肯普急於讓訪客說下去。

「我去那裡工作。我懷有一個希望，一個不成熟的想法！我仍懷著這個想法。現在已經成熟了。還原的方法！恢復到原來的樣子。在我想要回到原樣的時候。在我把隱形時該做的事情都做完之後。這是我最想跟你談的事。」

「你直接去了伊平？」

「是的。我去取了那三本記事簿和我的支票簿，帶上行李和內衣，再訂購了一批能幫助我實現想法的化學藥品，然後就出發了。我一拿到記事簿就演算給你看。哎呀！我

1 黛利拉（Delilah），又譯作大利拉，《聖經》中參孫的非利士情人，為了錢財，背叛了參孫。

仍然記得那場暴風雪，真是麻煩透了，為了不讓雪打溼我的紙鼻子。」

「最後，」肯普說：「也就是前天，他們發現你的時候，你非常——據報上說——」

「是的。非常。那個傻瓜警察被我打死了嗎？」

「沒有，」肯普說：「他有望康復。」

「算他走運。我大發雷霆了，那些傻瓜！他們能不能別打擾我？開雜貨店的那個野蠻人怎樣了？」

「應該沒人斃命。」肯普說。

「那個流浪漢不知道怎樣了？」隱形人苦笑著說。

「天哪，肯普，你不知道我有多火大！埋頭苦幹了好幾年，計畫得天衣無縫，結果半路上殺出一群笨手笨腳盡搗亂的白癡！上帝創造出的最愚蠢的生物全被派來跟我作對。如果來得更多的話，我會發瘋的，會把他們全部幹掉。事實上，他們把問題搞困難了一千倍。」

「毫無疑問，這令人火大。」肯普不動聲色地幽默了一句。

第二十四章 計畫泡湯

「但是現在，」肯普瞥了一眼窗外說：「我們該怎麼辦呢？」

肯普走近他的訪客，以阻止他瞥見正向山上走來的三個人。在肯普看來，他們的步履緩慢得令人無法忍受。

「你去伯多克港要幹嘛？你有什麼計畫嗎？」

「我本打算離開這個國家，但遇見你之後，我改變了計畫。去南方是個明智的主意——現在天氣很熱，我用不著穿衣服，可以光著身子完全隱形地四處跑。尤其是我的祕密在這邊已經廣為人知，每個人都在尋找一個戴著面具、纏著繃帶的傢伙。伯多克港有去法國的輪船，我想搭上一艘，來次冒險的航行，然後再換乘火車去西班牙或阿爾及爾。這不是什麼難事。我可以以隱形的狀態長期生活在那裡，做一些事情。在我想辦法把記事簿和行李等寄到國外之前，我把那個流浪漢當儲錢罐和行李搬運工使用。」

「很明顯。」

「可是那個混蛋竟然搶劫我！他把我的記事簿藏起來了，肯普。藏我的記事簿！要是被我抓到——！」

「先把記事簿找回來吧。」

「但他人在哪裡？你知道嗎？」

「他在城裡的警察局。按照他自己的要求，關在戒備最森嚴的一間囚室裡！」

「這狗雜種。」隱形人說。

「會略微耽擱你的計畫。」

「我們必須拿回那幾本記事簿，那幾本簿子至關重要。」

「當然。」肯普說。他有點緊張，好像聽到了外面的腳步聲，「一定要拿回來。如果他不知道那些東西是你的，那就不難拿回來。」

「他知道。」隱形人說。

肯普想找話題使談話繼續下去，不料隱形人主動開口了。

「肯普，誤入你家改變了我所有的計畫。因為你是個有理解力的人。儘管發生了那麼多事情、儘管我被大張旗鼓地報導、儘管簿子丟了、儘管我遭受了那麼多痛苦，但仍然有很大的可能性，巨大的可能性——」

「你沒告訴別人我在這裡吧？」他突然發問。

「顯然沒有。」肯普猶豫了一下說。

「一個都沒告訴？」格里芬說。

「一個都沒。」

「啊！現在——」隱形人站了起來，兩手叉腰，在書房裡踱起步來。

「我犯了個錯誤，肯普，一個大錯，居然單槍匹馬去做這件事。我浪費了精力、時間和機會。一個人的力量真的太有限了！搶不到幾個，也傷不到幾個，僅此而已。

「肯普，我需要的是一個守門員、一個幫手、一個藏身之處，一個讓我可以安然入睡、吃飯、休息且不被懷疑的地方。我必須要有一個共犯。有了共犯、有了食物和休息，就一切皆有可能。

「以前我有點糊裡糊塗。我們得分析隱形在哪些領域能發揮大作用，又在哪些領域發揮不了作用。比如在偷聽上就作用不大，因為人總要發出聲音。在入室行竊等方面面也作用有限：我一旦被抓到，就容易被禁錮在屋裡。當然要抓住我也絕非易事。事實上，隱形只在兩種情況下非常管用：一是有助於逃跑，二是有助於靠近。因此，它在殺人方面特別有用。我可以神不知鬼不覺地靠近一個人，隨心所欲地對他加以攻擊，不管他持有什麼武器。我想怎麼躲就怎麼躲，想怎麼逃就怎麼逃。」

肯普摸了摸小鬍子。樓下有動靜嗎？

「我們必須殺人，肯普。」

「我們必須殺人，」肯普重複道，「我在聽你的計畫，格里芬，但我不同意。為什麼非要殺人呢？」

「不是肆意地殺人，而是審慎地殺人。問題是他們已經知道有一個隱形人，正如我們知道有一個隱形人一樣。現在，肯普，那個隱形人必須建立恐怖統治。是的，這無疑令人驚悚，但我是認真的。恐怖統治。他必須占領伯多克那樣的城市，讓那些城市陷入恐怖之中，將它們徹底征服。他必須發布命令。發布命令的方式有成千上萬種——從門底下塞紙條就夠了。不聽從命令的，格殺勿論；保護不聽從命令者的，格殺勿論。」

「哼！」肯普哼了一聲，不再聽格里芬說話——他聽到了前門打開又關上的聲音。

「在我看來，格里芬，」肯普掩飾著自己的分心，「你把你的共犯置於一個困難的境地。」

「沒人知道他是共犯啊。」隱形人急切地說。

「噓！樓下什麼聲音？」他突然說。

「沒有什麼聲音啊。」肯普突然提高音量和語速。

「我不同意，格里芬，」他說：「請諒解我，我不同意。你怎麼會渴望和全人類作對？那樣的話，你怎麼能得到幸福？不要做孤狼。公布你的成果。把這個祕密告訴全世界，至少告訴這個國家。想像一下你一夜之間多了千百萬個幫手——」

隱形人打斷了肯普。「有腳步聲在上樓。」他低聲說。

「胡說。」肯普說。

「讓我看看。」隱形人說著，伸出手臂向門口走去。

肯普猶豫了一下，接著連忙上前阻攔他。隱形人驚得愣住了。「叛徒！」隱形人叫道。睡袍敞開了，坐下來的隱形人開始脫衣服。肯普迅速向門口走了三步，隱形人大叫一聲跳了起來，這時他的腿已經消失了。肯普猛地把門打開。

門一打開，下面就傳來急促的腳步聲和喧嘩聲。

說時遲那時快，肯普將隱形人往屋裡一推，砰地把門關上。鑰匙在鎖眼裡，早就準備好了。片刻之後，格里芬就會被獨自關在書房裡，成為囚犯。但是發生了一點小狀況。早上鑰匙是被匆匆塞進去的。肯普用力關門的時候，它嘩啦掉到了地毯上。

肯普的臉唰地白了。他用雙手死死抓住門把手，吃力地拉了一會兒，接著門被拉開了六英寸。不過又被他關上了。門第二次被拉開，這次有一英尺寬，睡袍用力從門縫往外擠。他的喉嚨被看不見的手指掐住了，為了自衛，他不得不鬆開門把手。他被迫向後退去，腳底下一絆，重重地摔在樓梯口的角落裡。空睡袍被扔到他身上。

埃迪上校正在上樓，他是伯多克警察局局長，肯普的信就是寫給他的。他驚駭地看到肯普突然現身，緊接著一件衣服拋向空中。他看到肯普跌倒在地，掙扎著爬了起來，跟蹌著向前撲去，結果又跌倒了，像頭牛一樣倒了下去。

突然間，他挨了一記重拳。被空氣打的！接著有個很沉的東西跳到他身上，掐住他的喉嚨，一隻膝蓋頂住他的胯下，將他頭朝下推下樓梯。接著，一隻看不見的腳從他背上踩過，然後是一陣啪嗒啪嗒的下樓的腳步聲，跟幽靈似的。他聽到門廳裡的兩名警察大呼小叫、撒腿奔跑，前門猛地關上了。

他翻過身來，怔怔地坐在那裡。他看到肯普搖搖晃晃地從樓梯上走下來，滿身灰塵，衣冠不整，一邊臉被打得煞白，嘴唇淌著血，手臂上搭著一件粉紅色的睡袍和一件內衣。

「我的天哪！」肯普叫道：「這下全完了！他跑了！」

第二十五章
追捕隱形人

肯普語無倫次地講著事情經過，一度把埃迪上校聽得迷迷糊糊。他倆站在樓梯口，肯普語速飛快，手臂上掛著怪異的包紮物。過了一會兒，埃迪開始瞭解一些情況了。

「他瘋了，喪失了人性，」肯普說：「他極端自私，只考慮自己的利益和安全。今天早上他把自己的故事講給我聽了，為達目的不擇手段的殘忍故事！他把別人打傷了。要是我們不阻止他，他就會大開殺戒。他將製造恐慌。什麼都阻止不了他。他跑出去了——狂怒地跑出去了！」

「一定要把他抓到，」埃迪說：「這毫無疑問。」

「但是怎麼抓呢？」肯普喊道，他的腦子裡驀地湧現許多想法，「你必須立即行動起來，必須把所有警力都動員起來，必須阻止他離開這個地區。一旦被他逃出去，他就能自在地穿行在鄉野，傷人甚至殺人。他夢想實行恐怖統治！我跟你說，恐怖統治。你得在火車、公路和輪船上安排人手。衛戍部隊必須提供幫助。你必須發電報求援。他留在這裡的唯一理由是找回記事簿，那是他最看重的東西。忘了跟你說！警察局裡關著一個人，叫馬維爾。」

「我知道，」埃迪說：「我知道。那幾本簿子。是的。」

「你不能讓他有飯吃、有覺睡，整個地區的人都得動員起來，全天候地防他。所有的食物都必須鎖起來，他想吃東西唯有破門而入。家家戶戶的門窗都要用鐵條封堵起來。老天賜我們寒夜吧，再賜一場大雨！所有的鄉民都得行動起來抓捕他。我告訴你，埃迪，他是一個『危險』、一個『災難』，除非他被生擒活捉，否則後果不堪設想。」

「還有什麼需要做的？」埃迪說：「我得立刻下山，部署抓捕事宜。你為什麼不一起來呢？是的，你也來吧！來吧，我們必須召開作戰會議，讓霍普斯和那些鐵路經理來幫忙！哎呀！十萬火急。走吧，邊走邊講給我聽。我們還得做什麼？把那些東西放下。」

埃迪和肯普一前一後下樓了。他們看到前門開著，兩個警察站在外面盯著空氣發愣。

「他跑了，上校。」一個警察說。

「立刻回局裡，」埃迪說：「叫輛出租馬車上來接我們，你們兩個中的一個去叫——快點。肯普，還有別的嗎？」

「狗，」肯普說：「弄一批狗。狗看不到他，但能嗅到他。需要狗。」

「很好，」埃迪說：「哈爾斯泰德的典獄官認識一個養獵犬的人，這事知道的人不多。除了狗，還有別的嗎？」

「記住，」肯普說：「他吃下去的食物是看得見的。在被消化之前，吃進肚裡的食物能看得見。所以他吃過東西後就得躲起來。我們要不斷地搜索，每一片灌木叢、每一個僻靜的街角。還要把所有的武器，以及所有能當作武器的東西都藏起來。他沒法長時間攜帶武器，所以要防止他隨手抄傢伙攻擊他人。」

「很好，」埃迪說：「我們會捉住他的！」

「在馬路上——」肯普猶豫了一下說。

「嗯？」埃迪說。

「撒碎玻璃，」肯普說：「我知道，這很殘忍，但是想想他會幹出什麼樣的事！」

「這不光明正大，」埃迪倒吸一口涼氣說：「我不知道，但我會把碎玻璃準備好的。

如果他做得太過——」

「我跟你說，這個人已經沒人性了，」肯普說：「我敢肯定，他一旦從逃跑時的情緒中恢復回來，就會著手建立恐怖統治。這一點我非常確信。我們唯一的機會是先發制人。他自絕於人類，必定自取滅亡。」

第二十六章 威克斯蒂德遇害

隱形人是在暴怒下衝出肯普的房子的。一個在肯普家門口玩耍的小孩被猛地抓住扔到一邊，以致腳踝骨折。此後幾個小時，隱形人銷聲匿跡了。沒有人知道他去了哪裡，也不知道他做了什麼。但是我們可以想像他在六月炎熱的午前匆匆翻過小山，來到伯多克港後面的丘陵地，對自己難以忍受的命運感到怒不可遏、絕望不已。最後他又熱又累，躲進辛頓迪安的灌木叢中，把已經被打得支離破碎的反人類計畫重新拼湊起來。這裡似乎是他最合適的避難所，因為下午兩點左右，他以一種不幸的方式振作了起來。

大家不禁要問，那段時間他的心理狀態如何，又訂了些什麼計畫。毫無疑問，他被肯普的背信棄義氣得怒火沖天。儘管我們能夠理解肯普欺騙他的動機，但是我們仍然可以體會到他遭遇突襲後的憤怒，甚至對他抱有幾分同情。也許他像上次在牛津街時一樣感到驚魂未定，因為他顯然指望肯普能與他攜手合作，共建恐怖王朝。不管怎樣，那天中午，他從人類的視野中消失了，在兩點半之前沒有人知道他在做什麼。對人類來說，這也許是幸運的事，但對他來說，這種無所作為卻是致命的。

與此同時，越來越多的人員被分散到鄉間的各個角落，他們開始忙碌起來。早晨，他還只是一個傳說、一個恐怖分子，到了下午，主要歸因於肯普措辭嚴肅的聲明，他已經成了一個實實在在的敵人，必須將其打傷、俘虜或制服。鄉民也以不可思議的速度組織起來。兩點鐘的時候，他或許還有可能乘火車離開這個地區，但兩點以後就絕無可能了。南安普敦、溫徹斯特、布萊頓和霍舍姆這四個地方形成一個巨大的平行四邊形，在四條邊上行駛的每列火車都車門緊鎖，貨物運輸則幾乎完全中斷。伯多克港方圓二十英里內，大家用槍棍武裝自己，三、四人一組，牽著狗，在路邊和田野裡開展地毯式搜索。

騎警沿著鄉間小路巡邏，挨家挨戶地警告居民鎖好房門，沒有武器就不要外出。所有的小學下午三點就放學了，嚇得要死的孩子成群結伴地匆匆回家。下午四、五點鐘的時候，肯普的聲明（**由埃迪簽字畫押**）幾乎貼遍了整個地區。它簡明扼要地說明了對付隱形人的所有事宜，強調了不讓隱形人吃飯睡覺、時刻保持警惕、隨時留意任何蛛絲馬跡的必要性。當局的行動如此迅速而果斷，大家對這個怪物的存在立刻深信不疑，因此在夜幕降臨之前，方圓幾百英里之內都已被嚴密封鎖。而就在天黑之前，威克斯蒂德先生遇害的消息一傳十、十傳百，迅速傳遍了全郡，把整個鄉間籠罩在一片恐懼之中。

假設隱形人躲進了辛頓迪安的灌木叢中，那麼下午早些時候，他一定再度出動，而且腦子裡裝著一個使用武器的計畫。我們不清楚這個計畫是什麼，但有一點毋庸置疑：在遇到威克斯蒂德之前，他手裡拿著一根鐵棍。

我們對這兩人相遇的細節一無所知。凶案發生在一個採礫場邊，離伯多克勛爵的府門不到兩百碼。被蹂躪的地面、遍體鱗傷的威克斯蒂德、他四分五裂的手杖，一切都指向一場殊死的搏鬥。但為什麼要對威克斯蒂德痛下毒手呢？這實在難以想像，只能用他是個殺人狂來解釋。大家不可避免地認為他陷入了瘋狂。威克斯蒂德先生四十五、六歲，是伯多克勛爵的管家，性情和外表都很隨和，是這個世界上最不可能激怒那個駭人傢伙的人。看樣子，隱形人的凶器是一根從破柵欄上抽下來的鐵棍。隱形人攔住正默默回家吃午飯的威克斯蒂德，對這個沉默寡言的男人發動襲擊，打斷他的手臂，把他打倒在地，將他的腦袋打開了花。

可以肯定的是，在遇到受害者之前，隱形人就已經從柵欄裡抽出鐵棍，並將其握在手裡。除了前面提到的外，只有兩個細節與此事有關。一是採礫場不在威克斯蒂德先生回家的必經之路上，距離那條路有兩百碼遠；二是一個小女孩的斷言，大意是她下午上學時，看到被害者踩著怪異的「小碎步」穿過一塊田，朝著採礫場跑去。她模仿起被害者的動作，看起來被害者在追趕他前面的什麼東西，邊追邊用手杖敲打它。她是最後一個見到他活著的人。他從她的視線中消失了，直到命喪黃泉。她沒有目擊到殊死搏鬥的場面，因為有一叢山毛櫸樹擋著，而且搏鬥的地點是地面上的一個坑。

現在，至少在筆者看來，這起凶殺案已經脫離了殺人狂魔案的範疇。我們可以想像，格里芬確實把鐵棍當作武器，但無意將其用於謀殺。威克斯蒂德可能正好從這裡經過，看到一根棍子不可思議地在空中移動。他或許上前追趕它了——他根本沒想到什麼隱形人，伯多克港遠在十英里之外，他很可能沒聽說過隱形人的事蹟。可以想像，隱形人為了避免暴露行蹤，就悄悄地開溜了，然而威克斯蒂德既興奮又好奇，一路追逐著那根無法解釋的飛棍，還掄起手杖打它。

一般情況下，隱形人很容易就能把他的中年追捕者甩開一段距離，但從威克斯蒂德的屍體被發現的位置可以看出，他的運氣相當不佳，把他的獵物逼到了刺蕁麻和沙礫坑之間的一個死角裡。對於領教過隱形人暴躁脾氣的人來說，接下來的遭遇戰不難想像。

但這純粹只是假設。小屁孩的話往往只能聽聽而已。唯一不可否認的事實是發現了威克斯蒂德的屍體，他被活活打死了，還有被扔在蕁麻叢中的血跡斑斑的鐵棍。格里芬丟棄了這根棍子，說明他一時情緒激動，把拿棍子的目的放棄了（如果有的話）。他當然是極度自私自利、冷酷無情的人，但看到他的受害者、他的第一個受害者，渾身是血、慘兮兮地躺在自己腳下時，他心中長期鬱積的悔恨一度噴湧而出，令他暫時擱置了自己的行動計畫。

殺害威克斯蒂德先生後，隱形人似乎穿過鄉野，往丘陵方向去了。有兩個人聲稱黃昏時在費恩窪地附近的田間聽到一個聲音。它一會兒痛哭，一會兒大笑，一會兒抽噎，一會兒呻吟，還不時大叫幾聲。聽起來太奇怪了。這個聲音穿過一片苜蓿田，消失在山間。

那天下午，隱形人一定發現肯普充分利用了他吐露的祕密。他一定看到家家戶戶都門窗緊鎖。他或許在火車站和旅店周圍徘徊過，而且他無疑讀到了告示，明白這場針對他的戰役的本質。夜幕漸深，田野裡到處都是三五成群的巡邏隊伍，狗吠聲此起彼伏。

這些獵人者接到過特殊的指示，告知他們在與隱形人狹路相逢時如何互相支援。他躲開了他們的追捕。我們能理解隱形人的惱怒——他提供的訊息正被如此無情地用來對付他自己。至少在那一天，他是灰心喪氣的，在將近二十四個小時裡，除了突然攻擊威克斯蒂德的那一刻外，他都是被追捕的人。那天晚上，他一定吃過東西，也睡了一覺，因為第二天早晨，他又恢復了精力，渾身充滿了力量、戾氣和惡意，已經準備好跟這個世界來一場終結之戰了。

第二十七章 肯普家遇襲

肯普收到一封奇怪的來信，用鉛筆寫在一張油油的紙上，信中寫道：

你可真聰明，真有幹勁啊。然而我想不通你跟我作對有什麼好處。你們追了我一整天，企圖破壞我的睡眠。但我照樣吃得飽，睡得香。好戲剛剛開始。好戲才剛剛開始。我別無選擇，唯有建立一個恐怖王朝。我宣布，今天是恐怖統治的第一天。伯多克港不再受女王管轄，告訴你的警察上校和其他人，它已經在我的統治之下，恐怖王朝！今天是新王朝的元年元日——隱形人王朝。我是隱形人一世。從規則開始很容易。譬如今天要對一個名叫肯普的人執行死刑。今天就是他的死期。他可以把自己鎖藏起來，派人嚴加看護，如果他願意，盡可以披盔戴甲。死神，看不見的死神，就要來臨。讓他做好防範，這會給我的子民留下好印象。死神於中午時分從郵筒出發。郵差過來取走，然後送達！好戲開始了。死神降臨了。我的子民啊，不要幫助他，以免死神也降臨到你們身上。今天是肯普的死期。

肯普把信讀了兩遍。「這不是惡作劇，」他說：「是他的口氣！他是來真的。」

他把折著的紙翻過來，在地址那一面看到辛頓迪安的郵戳，還有「欠郵資兩便士」的字樣。

信是一點鐘送到的，肯普顧不上把飯吃完，起身去書房了。他按鈴喚來女管家，吩咐她將整座房子巡查一遍，把所有的窗戶都閂好，把所有的護窗板都關上。他從臥室一個上鎖的抽屜裡取出一把小左輪手槍，仔細地檢查了一下，放進休閒西裝的口袋裡。他還寫了幾張簡短的便條，其中一張是給埃迪上校的，他讓女僕送去，同時交代她該怎樣離開屋子。「不會有危險的，」他說，接著又語帶保留地加了一句：「你不會有危險的」。做完這些後，他又沉思了一會兒，然後才端起已經涼了的飯菜。

肯普邊吃邊盤算，最後他猛敲一下桌子。「我們會抓住他的！」他說：「我是誘餌，他會上鉤的。」

他回到書房，仔細關好每扇門。「這是一場遊戲，」他說：「一場奇怪的遊戲。格里芬先生，雖然你可以隱形，但是機會握在我手裡。反人類的格里芬，想報復我呢！」

他站在窗前，凝視著炎熱的山坡。「他每天都得覓食，我才不羨慕他。他昨晚真的睡著了嗎？蜷在荒郊野外、不會被人撞到的地方。希望天氣能溼冷起來，別再那麼熱了。」

「也許他正在看著我。」

他走近窗戶。有什麼東西在篤篤地猛敲牆磚，把他嚇得連連後退。

「我變緊張了。」肯普說。過了五分鐘，他才走回窗前。

「一定是麻雀。」他說。

緊接著他聽到門鈴響了起來，就匆匆下樓去了。他拉開門閂，打開鎖，檢查了防盜鏈，把它掛好，這才躲在門後小心翼翼地打開一道門縫。一個熟悉的聲音向他打招呼，是埃迪上校。

「你的女僕被人襲擊了，肯普。」他在門外說。

「什麼！」肯普驚呼道。

「你的便條被搶走了。他就在附近。讓我進來。」

肯普取下防盜鏈，埃迪從窄得不能再窄的門縫中擠了進去。他站在門廳裡，如釋重負地看著肯普把門關上。

「便條從她手裡被搶走的，把她嚇壞了。她人在警察局裡，歇斯底里的。他就在附近。便條上寫了什麼？」

肯普爆起了粗口。

「我真是個傻瓜，」肯普說：「我早該料到的。從辛頓迪安走到這裡只需一個小時。這麼快就——！」

「怎麼了？」埃迪說。

「看這個！」肯普說著，領埃迪走進書房，把隱形人的信遞給他看。埃迪讀了一遍，輕輕地吹了聲口哨。

「你——？」埃迪說。

「我跟個傻瓜似的，提議設圈套，寫在便條上讓女僕送到警局。結果送到他手裡了。」肯普說。

埃迪跟著肯普爆起了粗口。

「他會離開的。」埃迪說。

「他不會。」肯普說。

樓上傳來玻璃打碎的聲音，非常響亮。只見銀光一閃，埃迪瞥見了肯普口袋裡露出一半的左輪手槍。「是樓上的窗戶！」肯普說著率先衝上樓去。他們還在樓梯上時，第二聲響了。等他們衝到書房的時候，三扇窗戶已經被砸碎兩扇，碎玻璃撒了一地，寫字臺上還躺著一塊火石。他倆站在門口，注視著眼前的殘骸。肯普又罵了一通，沒等他罵完，只聽啪的一聲，第三扇窗戶就像被手槍擊中似的，先是停頓了一下，然後一塊塊鋸齒狀的三角形碎片紛紛抖落在地。

「這是怎麼回事？」埃迪說。

「這才剛剛開始。」肯普說。

「沒辦法爬上來吧？」

「貓也爬不上來。」肯普說。

「沒有護窗板？」

「這裡沒有。樓下房間都有——喂！」

樓下傳來碎裂聲，接著是重重的砸板聲。「該死！」肯普說：「一定是——是的，是一間臥室。他想砸爛整棟房子。但他是個笨蛋，護窗板關上後，碎玻璃只會往外掉，會割破他的腳。」

又一扇窗戶宣告破碎。他倆站在樓梯口，不知所措。

「有了！」埃迪說：「給我一根棍子什麼的，我回局裡，派人去把獵犬都牽來。一定能制服他！離這裡不遠，不到十分鐘——」

又一扇窗戶遭到厄運。

「你不是有左輪手槍嗎？」埃迪問。

肯普把手伸進口袋，忽然又猶豫起來。

「我沒有——多餘的槍。」

「會還給你的，」埃迪說：「你在這裡很安全。」

肯普把槍遞給他。

「去門口。」埃迪說。

他們站在門廳裡猶豫不決時，二樓臥室的一扇窗戶嘩啦一聲被砸碎了。肯普走到門口，盡可能輕地拉開門閂。他的臉色比平時更加蒼白。「動作要快。」肯普說。埃迪才走到門前的臺階上，門就閂上了。他躊躇片刻，感覺背倚著門更舒服。然後他挺直腰板，大步走下臺階。他穿過草坪，走近大門。一陣微風拂過草地，有什麼東西向他逼近。

「站住。」一個聲音說，埃迪僵住了，下意識地握緊左輪手槍。

「你要幹嘛？」埃迪說，他臉色煞白，口氣嚴肅，每根神經都繃緊了。

「請你幫個忙，回房子裡去。」那個聲音說，口氣和埃迪一樣緊張而嚴肅。

「抱歉。」埃迪用舌頭潤了潤嘴唇，聲音有點嘶啞地說。那個聲音在他的左前方，要不要開一槍碰碰運氣？

「你要去哪裡？」那個聲音問。兩人都迅速移動了一下，埃迪的口袋上閃過一道陽光。

埃迪停下來想了想。「我去哪裡，」他慢吞吞地說：「是我自己的事。」話還沒說完，一隻手已經勒住他的脖子，後背也被一個膝蓋抵住，他不由得仰面向後倒去。他笨手笨腳地拔出槍來，滑稽可笑地放了幾槍，緊接著嘴巴就挨了一拳，左輪手槍也被一把奪走。他徒勞地試圖抓牢一隻滑溜溜的手臂，掙扎著想要站起來，然後又向後倒去。「該死！」埃迪說。那個聲音笑了，「要不是覺得浪費子彈，我現在就一槍斃了你。」埃迪看見左輪手槍懸在六英尺外的半空中，正瞄準著他。

「哦？」埃迪坐起來說。

「站起來。」那個聲音說。

埃迪站了起來。

「聽著，」那個聲音惡狠狠地說：「別跟我耍花招。記住，你看不到我的臉，我卻能看到你的臉。你必須回房子裡去。」

「他不會讓我進去的。」埃迪說。

「真可惜，」隱形人說：「我不想跟你吵架。」

埃迪又潤了潤嘴唇，目光從左輪手槍的槍管移到遠處的大海。正午的陽光下，海水藍得發暗。他看到了平坦的綠色丘陵，海岬上的白色懸崖，還有熙熙攘攘的城鎮，忽然之間，他覺得生命如此美好。他的目光又回到六英尺外這個懸掛在天地間的小金屬物上。

「我該怎麼辦？」他惱怒地問。

「我該怎麼辦？」隱形人問道，「你將得到幫助。只要你回房子裡去。」

「我試試。如果他准我進去，你能保證不往裡衝嗎？」

「我不想跟你吵架。」那個聲音說。

把埃迪送出門後，肯普便匆匆跑到樓上，此刻他正蹲在碎玻璃之中，小心地從書房窗臺邊緣往外窺視。他看見埃迪在跟隱形人談判。「他為什麼不開槍？」肯普自言自語道。左輪手槍移動了一點兒，肯普的眼睛隨即被太陽光晃了一下。他遮住眼睛，想看清那道刺眼的光來自何處。

「我那槍肯定被繳了！」肯普說。

「答應我，別衝進去，」埃迪說：「不要逼人太甚。給人一條生路。」

「回房子裡去。我明確告訴你，我不會答應你任何事情。」

埃迪似乎突然拿定了主意。他轉身慢慢朝房子走來，雙手背在身後。肯普大惑不解地看著他。左輪手槍時隱時現，再近些時，肯普定睛一瞧，顯然是一個黑色的小玩意兒跟著埃迪。說時遲那時快，埃迪向後一躍，轉過身來猛抓那個小玩意兒，但是抓空了。

他絕望地攤攤手，朝前栽了下去，空氣中升起一縷藍色的煙霧。肯普沒有聽到槍聲。埃迪在地上扭來扭去，用一隻手把自己撐起來，但又向前栽了下去，躺在那裡一動不動了。

肯普盯著神態淡然的埃迪看了好一陣。那天下午烈日炎炎，沒有一點風，除了兩隻黃色的蝴蝶在房子和大門之間的灌木叢裡互相追逐外，整個世界似乎沒有一絲動靜。埃迪靜靜地躺在大門邊的草坪上。山路兩旁所有別墅的窗簾都放下了，只在一座綠色的避暑小別墅裡，可以看到一個白色的身影，顯然是一個睡著的老人。肯普仔細掃視房子四周，想找到那把左輪手槍，但是它已經不知去向。他的視線又落到埃迪身上。這齣戲開了一個好頭。

門鈴聲和敲門聲突然大作，越來越吵鬧，但是僕人按照肯普的指示，都把自己鎖在屋裡。接著是一片寂靜。肯普坐著細聽動靜，接著小心翼翼地輪流從三扇窗戶向外張望。他走到樓梯口，心神不寧地聽著。然後他去臥室裡拿了根撥火棒當武器，把樓下窗戶的插銷再次檢查了一遍。一切安好無恙，他返回書房。埃迪一動不動地躺在礫石邊上，跟剛栽下來時一個樣。女僕和兩名警察沿著別墅邊的路朝這裡走來。

一切都是死一般的寂靜。他們三人在緩慢地靠近。肯普想知道他的對手正在幹什麼。

樓下傳來破碎聲，嚇了肯普一大跳。他猶豫了一下，又下樓去了。沉重的敲打聲和木頭的碎裂聲在整個房子裡回蕩。他聽到玻璃打碎的聲音，接著就聽哐噹一聲，護窗板的鐵銷遭到毀滅性的打擊。他轉動鑰匙，打開廚房的門。與此同時，被砸得四分五裂的護窗板飛了進來，把他給嚇呆了。窗框還算完好，就一根橫杆斷了，但是玻璃幾乎全碎了，只有窗框邊緣還殘留一點鋸齒形的碎玻璃。護窗板是被斧頭砸開的，現在這把斧頭正在猛砸窗框和用來保護窗框的鐵條。隨後斧頭驀地跳到一邊，不見了。他看見左輪手槍躺在外面的小徑上，突然間，它噌地跳到空中，他慌忙向後閃躲。槍開得太晚了，一塊來自門框邊緣的碎片從他的頭頂飛掠而過。他砰地關上門，上了鎖，格里芬在外面大叫大笑。斧頭的砸擊聲又響了起來，伴隨著可怕的碎裂聲。

肯普站在走廊裡，試圖理清思路。隱形人眼看就要闖進廚房了。這扇門擋不住他了，然後——

前門有人按鈴，應該是警察。他跑進門廳，掛好防盜鏈，拉開門閂。他先讓女僕說話，然後才取下防盜鏈。那三人跌跌撞撞地擠了進來，肯普砰地關上門。

「隱形人！」肯普說：「他有一把左輪手槍，還剩兩發子彈。他殺了埃迪。開槍殺的。他在草坪上，你們難道沒看見？他就躺在那裡。」

「誰？」一名警察問。

「埃迪。」肯普說。

「我們從後面繞過來的。」女僕說。

「破碎聲是怎麼回事？」一名警察問。

「他在廚房裡——或者說就快到廚房裡了。他找到了一把斧頭——」

突然之間，隱形人猛砸廚房門的聲音響徹了整座房子。女僕盯著廚房看了幾眼，顫抖著退回了餐廳。肯普吐出幾個支離破碎的句子，想要解釋狀況，就在這時，他們聽到廚房門被砸開了。

「這邊走。」肯普喊道。他抖擻精神，把兩個警察推到餐廳門口。

「撥火棒！」肯普說著，衝向壁爐擋板。他把兩根撥火棒分別遞給兩個警察，接著突然向後臥倒。

「喂！」一個警察叫道。他低頭一閃，用撥火棒擋住斧頭。槍砰的一聲響了，射出倒數第二顆子彈，把一幅名貴的西德尼．庫珀[1]的畫給射穿了。第二個警察揚起撥火棒，像擊落黃蜂一樣將手槍咣噹一聲擊落在地。

衝突發生時，女僕站在壁爐旁尖叫了一會兒，然後奔過去打開護窗板，可能是想從破碎的窗戶逃走。

斧頭退到走廊，懸在離地大約兩英尺的地方。他們能聽到隱形人的呼吸。

「你們兩個走開，」他說：「我要的人是肯普。」

「我們要的人是你。」第一個警察一個箭步上前，掄起撥火棒朝那聲音掃去。隱形人驚得連忙後退，跌跌撞撞地撞到了雨傘架上。警察用力過猛踉蹌了一下，隱形人用斧頭還擊，只見警察的頭盔像紙一樣皺了起來，人也滾到了廚房樓梯口的地板上。第二個警察瞄準斧頭後面就是一棒，只聽啪的一聲，擊中了一個軟軟的東西。隱形人發出痛苦

1　西德尼．庫珀（Sidney Cooper，一八〇三—一九〇二），英國風景畫家。

的尖叫，斧頭隨之掉在地上。警察對著空中一陣亂掃，什麼也沒打到，接著，他踩住斧頭，又是一頓猛擊。最後他緊握撥火棒站在那裡，凝神細聽極微小的動靜。

他聽到餐廳的窗戶開了，裡面傳來急促的腳步聲。他的同伴翻身坐了起來，眼睛和耳朵之間淌著血。

「他在哪裡？」坐在地上的警察問。

「不知道。我打到他了。他站在門廳裡的某處，要不就從你身邊溜走了。肯普醫生——先生。」

沉默。

「肯普醫生。」警察又喊了一聲。

第一個警察掙扎著想要站起來。他站了起來。廚房樓梯上隱約傳來赤腳走路的聲音。「嘿！」第二個警察大叫一聲，順勢將手裡的撥火棒扔了出去。一個小煤氣燈管應聲而碎。

他似乎要下樓追趕隱形人，不過他改變了主意，轉而走進餐廳。

「肯普醫生！」他喊道，又突然打住。

「肯普醫生是個英雄。」他說。他的同伴瞥了他一眼。

餐廳的窗戶大開，女僕和肯普不見了蹤影。

第二個警察對肯普的評價簡短而生動。

第二十八章 自掘墳墓

那片別墅群中，希拉斯先生的別墅與肯普家靠得最近。當肯普的房子遭受攻擊的時候，希拉斯正在他的避暑別墅裡睡午覺。堅信隱形人這件事完全就是「鬼扯」的人很少，他就是其中之一，不過他的妻子和他意見相左。而他馬上就會知道原來真有隱形人。他照例在花園裡踱步，好像什麼事情都沒發生過一樣，他也照例睡午覺，那是他多年來養成的習慣。肯普家窗戶被砸的時候，他睡得正酣，接著他突然驚醒，感覺有哪裡不對勁。他向肯普家望去，揉了揉眼睛又望了一眼。然後他坐到床邊豎起耳朵仔細聽。他看到一幅奇怪的畫面，讓他覺得自己見鬼了。肯普家的房子看起來像是遭受過劫掠，接著又被遺棄了好幾週。整座房子的窗玻璃都被打碎了，除了書房外，每間窗戶都被裡面的護窗板遮擋起來。

「二十分鐘前一切都還好好的，我敢發誓。」他看了看手錶說。

平穩的震動聲和玻璃的破碎聲從遠處傳來。他驚得嘴巴大張的時候，一件更不可思議的事情發生了。餐廳窗戶的護窗板被猛地打開，戴著帽子的女僕發狂似的想把窗扇掀上去。一個男人突然出現在她身邊，幫她向上推窗扇，是肯普醫生！過了片刻，窗子打開了，女僕掙扎著爬出窗臺，向前一撲，消失在灌木叢中。目睹這等怪事，希拉斯先生站起身來，含糊不清地失聲驚叫。他看見肯普站到窗臺上，縱身一躍，很快就出現在灌木叢中的一條小路上。他一邊奔跑一邊彎腰，生怕被人看到。他消失在一棵金鏈花樹後面，隨後又冒了出來，開始攀爬一道毗鄰丘陵的籬笆。一轉眼的工夫他就翻了過去，接著便沿著斜坡朝希拉斯先生家跑去。

「上帝啊！」希拉斯先生如夢初醒地喊道：「是那個隱形的畜生！竟然真有此事！」

希拉斯先生盤算著該如何應對的時候，他的廚子站在頂樓的窗戶前，驚訝地看到肯普以每小時九英里的速度朝房子飛跑而來。「還以為他不怕呢，」廚子說：「瑪麗，過來！」關門聲、搖鈴聲四起，夾雜著希拉斯先生公牛般的吼叫。「關上門，關上窗，統統關上！隱形人來了！」頃刻間，整棟房子充滿了尖叫聲、命令聲和疾跑聲。希拉斯先生跑到走廊關上落地長窗的時候，肯普的腦袋、肩膀和膝蓋出現在花園籬笆的邊緣。他越過蘆筍地，穿過網球場，向房子跑來。

「你不能進來，」希拉斯先生說著，拉上門閂，「很抱歉他在追你。但是你不能進來！」

肯普滿臉寫著恐懼，一個勁地猛敲窗玻璃，接著又拚命搖晃落地長窗。眼看自己在做無用功，他沿著走廊跑到盡頭，不停地捶側門。接著他繞過側門跑到房子前面，一溜煙地往山路跑去。希拉斯先生一臉驚恐地從窗口向外觀望，肯普還沒從他的視線裡消失，蘆筍地便已被一雙看不見的腳踩得七零八落。目睹此景，希拉斯先生忙不迭地逃到樓上，顧不上看隱形人追肯普了。他經過樓梯的窗戶時，聽到側大門砰的一聲關上了。

上了山路後，肯普便自然地朝山下跑去。僅僅四天前，他還在書房裡用批判的眼光旁觀別人的追逐賽，現在竟然輪到他自己參賽了。對於一個體格不佳的人來說，他跑得還不錯，雖然面色蒼白、滿頭大汗，但他的頭腦卻始終冷靜。他大踏步地跑著，越過粗糙不平的路面、跳過天然的火石和耀眼的碎玻璃，至於後面那雙看不見的赤腳走哪條路線，就不關他的事了。

肯普有生以來第一次覺得這條山路無比漫長而荒涼，遠方山腳下的城鎮變得出奇的遙遠。世上沒有比跑步更慢或更痛苦的趕路方式了。平淡無奇的別墅群在午後的陽光下沉睡，門窗都緊鎖著，這無疑來自他的指令。但家裡總得安排個人把風吧！來應對這樣的不測事件！城鎮正在上升，大海已然不見，山下的人忙忙碌碌。一輛有軌馬車剛剛駛抵山腳。再過去就是警察局。腳步聲好像追上來了？全力衝刺。

山腳下的人在盯著肯普看，有一兩個人開始奔逃。他呼吸時嗓子像在拉鋸。他離有軌馬車越來越近了，「快樂的板球手」正在聒噪地閂門。有軌馬車旁邊有幾根樁子和幾個礫石堆，那是排水工程的工地。他先是打算跳進馬車關上門，不過這個念頭轉瞬即逝，他還是決定到警察局去。一眨眼的工夫，他已經從「快樂的板球手」門口跑過，來到街道熱得起泡的盡頭。他的周圍全是人。有軌馬車的車夫和他的幫手被他十萬火急的樣子所吸引，站在那裡目不轉睛地盯著他看，連馬兒都忘了上套。礫石堆旁做排水的挖土工也都一臉驚詫。

他放緩了步子，追趕者急促的腳步聲再度響起，他又猛跑起來。「隱形人！」他一邊對著挖土工喊道，一邊打了一個含糊的手勢。接著他靈機一動，跳過開挖的溝渠，這樣他和追趕者之間就隔了一群魁梧的挖土工。他放棄了去警察局的念頭，拐進小巷，從一輛蔬菜車旁邊匆匆經過，在一家糖果店門口猶豫片刻，隨後便朝通往山路的巷口奔去。有兩三個小孩在那裡玩耍，被他人不人鬼不鬼的樣子嚇得尖叫著四散奔逃，門窗立刻打開了，緊張的母親心提到了胸口。肯普又跑回山路，距離有軌馬車終點站大約三百碼遠，他瞬間注意到了嘈雜的喧嘩聲和奔跑的人群。

他朝山那邊的街道瞥了一眼。不到十二碼外，一個大塊頭挖土工在奔跑，嘴裡罵個不停，揮舞著鐵鍬一陣狂劈猛砍，緊隨其後的是攥著拳頭的有軌馬車售票員。其他人跟在這兩人後面邊打邊喊。鎮上男男女女都在奔跑，他清楚地看到一個男人拿著根棍子從店鋪裡跑了出來。「讓開！讓開！」有人喊道。肯普陡然意識到這場追逐發生了變化。他停下腳步，氣喘吁吁地環視四周。「他在這裡！」他大吼道，「大家排成一行——」

「啊哈！」一個聲音喊道。

話音剛落，肯普耳朵下面就吃了一記重拳。他踉蹌著轉過身來，想要直面那個看不見的敵手。努力站穩後，他揮出一拳，然而打空了。接著他下巴又挨了一拳，整個人直接栽倒在地。一隻膝蓋壓住他的橫膈膜，兩隻手急切地掐住他的喉嚨，只是一隻手的力量比另一隻弱。肯普緊緊抓住行凶者的兩隻手腕，那人痛得叫了起來，這時挖土工的鐵鍬掃過他的頭頂，只聽一聲悶響，鐵鍬擊中了什麼東西。他感覺有滴溼溼的東西落到了臉上。掐住喉嚨的手驟然鬆開，肯普一骨碌掙脫開來，抓住對方一個軟趴趴的肩膀，滾過去壓在上面。他緊緊按住地上看不見的手肘。

「我抓到他了！」肯普尖叫道：「快來幫忙！快來幫忙！他倒下了！抓住他的腳！」

一場殊死的廝殺瞬間爆發，不知情的人還以為這裡在進行一場異常激烈的橄欖球賽呢。肯普大叫一聲後就沒人再喊了，只聽到拳打腳踢聲和沉重的喘息聲。

突然間，一股巨大的力量從隱形人身上迸發而出——他把兩三個對手扔了出去，掙扎著跪立起來。肯普死死拉住他不放，像一頭咬住雄鹿的獵狗。十幾隻手緊緊抓住隱形人，對他又撕又扯。有軌馬車的售票員揪住他的脖子和肩膀，死命地往後拽。

幾個鑒戰正酣的人突然摔成一團，緊接著又翻過身來。看來是遭到了一番瘋狂的踢踹。

「饒命！饒命！」一聲痛苦的尖叫驟然響起，不過很快就低下去了，像是透不過氣來。

「退後，你們這些笨蛋！他受傷了，我跟你們講，往後退！」肯普喊道，聲音含混不清。那群壯漢孔武有力地向後挪去。

他們匆忙讓出一塊空地，熱切的眼睛圍成一圈，看著醫生跪在離地十五英寸的空中，將兩條看不見的手摁在地上。在他身後，一個警察牢牢抓住那對看不見的腳踝。

「別讓他給跑了！」大塊頭挖土工握著一把沾滿血跡的鐵鍬喊道：「他是裝出來的。」

「他沒有假裝受傷，」肯普醫生小心地抬起膝蓋說：「我來抱住他。」

肯普的臉上青一塊紫一塊，已經紅腫起來，因為嘴唇流血，他說話口齒不清。他鬆開一隻手，似乎在摸那張看不見的臉。

「嘴巴上血淋淋的，」他驚叫道：「上帝啊！」

肯普突然起身，然後又跪了回去。圍觀的人變多了，他們推推擠擠，曳足而行，發出沉重的腳步聲，令人群更加擁擠。大家紛紛從屋裡走了出來。「快樂的板球手」的店門驀地打開了。幾乎沒人開口說話。

肯普的手在空氣裡摸來摸去。

「他沒有呼吸了，」肯普說：「我也感覺不到他的心跳。他的肋部——哎！」

一個老婦人站在那個大塊頭挖土工手臂下往裡偷看。「快看這裡！」她伸出一根滿是皺紋的手指，失聲尖叫起來。

大家順著她的手指望去，看到一隻手的輪廓。它無力地垂在地上，模糊而透明，像是玻璃做的，可以分辨出靜脈、動脈、骨骼和神經。他們目不轉睛地盯著它看的時候，它逐漸變得渾濁起來，不再透明了。

「喂！」警察喊道：「他的腳顯形了！」

不可思議的變化還在繼續，從他的手腳開始，沿著四肢慢慢蔓延至身體的中心部位。像毒藥慢慢擴散到全身。首先看到的是白色的小神經和一條霧濛濛的灰色肢體，然後是玻璃狀的骨頭和錯綜複雜的動脈，最後才是皮肉。先是模糊的霧狀物，很快就變得緻密而不透明。沒過多久，他被壓扁的胸膛和肩膀，被打得面目全非的枯槁面容就呈現在大家面前。

人群讓到一邊，肯普站直身子，只見地上躺著一個約莫三十歲的年輕人，遍體鱗

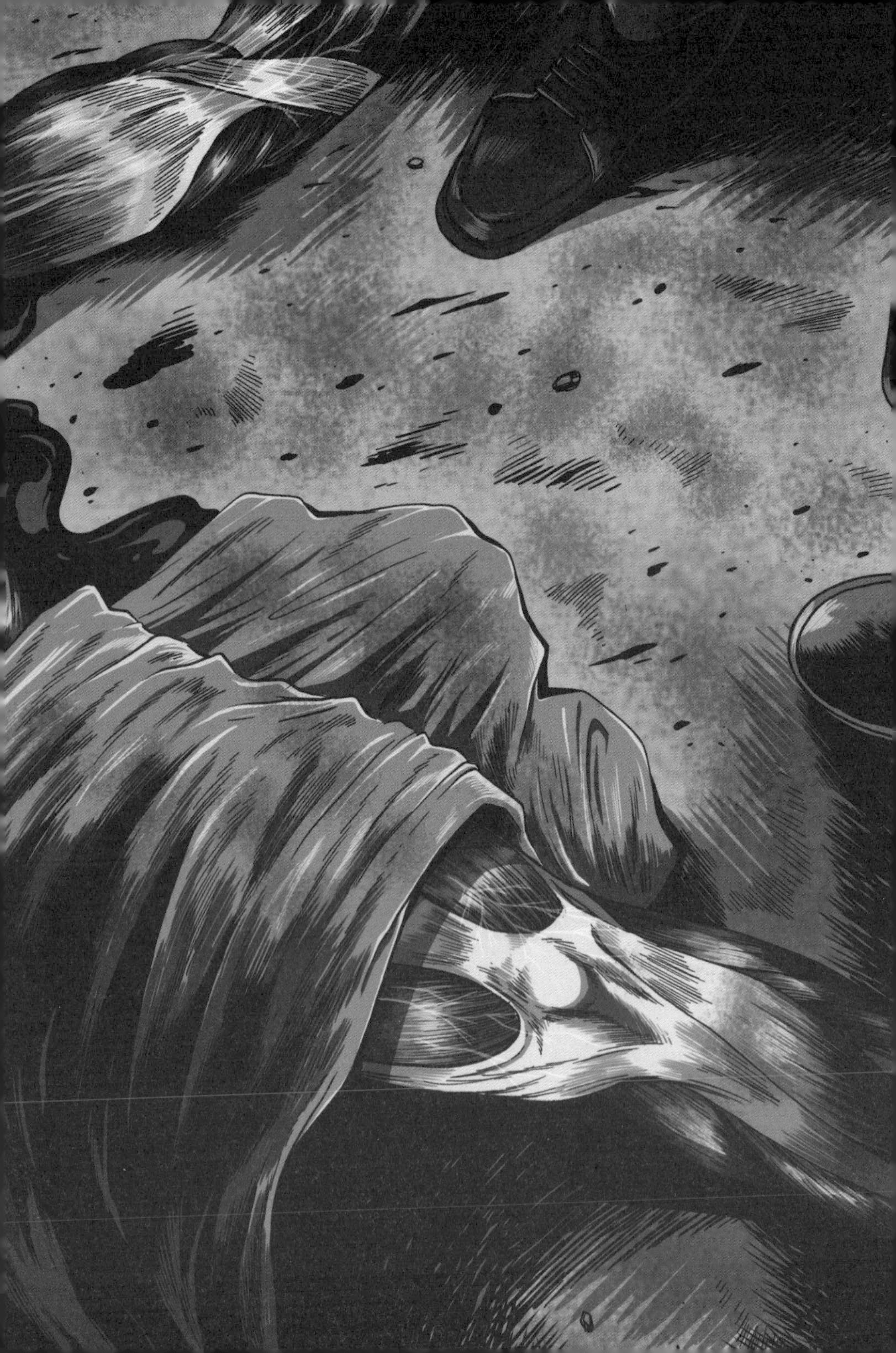

傷，全身赤裸，看起來可憐兮兮的。他的頭髮和鬍子是白色的，不是隨著年齡增長而變白，而是白化病的白色，他的眼睛像石榴石。他雙手緊握，眼睛圓睜，一臉的憤怒和沮喪。

「把他的臉遮起來！」一個男人喊道：「看在上帝的分上，遮住那張臉！」三個小孩剛從人群中擠了進來，就被大人把身子扭了回去，打發走了。

有人從「快樂的板球手」裡拿來一張床單，蓋在他身上，再把他抬進屋裡。在一張骯髒破舊的床上、在一間庸俗昏暗的臥室裡，隱形人的奇怪實驗壽終正寢。

尾聲

關於隱形人奇怪又邪惡的實驗的故事就這樣結束了。如果你想進一步瞭解他，你必須去斯托港附近一家小旅館和店主聊聊。旅館的招牌是一塊木板，上面空蕩蕩的，只有一頂帽子和一雙靴子，店名就是本書的標題。店主身材矮胖，圓柱形鼻子，頭髮粗硬，一張紅臉上斑斑點點。如果你敞開了喝，他就會把在這之後自己的所有遭遇向你和盤托出，並告訴你律師如何騙取他的財寶。

「他們沒法證明那些錢的原主是誰，」他說：「我真走運，他們沒有把那些錢當成無主財寶[1]！那些錢看起來像無主財寶嗎？一位紳士邀我去帝國音樂廳向觀眾講述這

1 無主財寶（treasure trove），在埋葬地被挖掘出的物主不明的財寶。根據英國法律，無主財寶歸英國政府所有。由於格里芬死後，警察不能確定那筆偷來的錢的原主人是誰，馬維爾得以擁有了那筆錢。

段軼事，酬勞是一晚上一幾尼——用我自己的話講——除了一件事外。」

如果你想突然打斷他的回憶，你只需提那三本記事簿就好。他承認有這三本東西，並說每個人都認為在他手裡！但是謝謝你們！並不在他手裡。「我逃往斯托港的時候，隱形人就把那三本簿子拿走並藏了起來。是肯普先生對外放話說在我手裡。」

接著他會陷入沉思，時而偷偷地瞄你兩眼，時而緊張地擺弄酒杯，然後匆匆離開酒吧間。

他是個單身漢——他喜歡單身，家裡沒有女人。表面上看他用鈕扣——大家希望他這樣，但在更重要的隱蔽部位，就拿吊褲帶來說，他仍然用麻繩代替鈕扣。他沒有進取心，但舉止得體。他動作慢吞吞，但善於思考。他在村子裡以智慧和吝嗇而聞名，他對南英格蘭的道路的瞭解賽過威廉·科貝特[2]。

星期天的早晨、一年到頭的每一個星期天的早晨，店主都會將自己與外界隔絕開來，每當這個時候，還有每天晚上十點以後，他都會端著一杯摻水的杜松子酒走進酒吧間的包廂。他放下酒杯，鎖上門，檢查捲簾，連桌子底下都得檢查一遍。確定別無他人後，他會打開櫥櫃的鎖，取出一個盒子，再打開盒子上的鎖，取出一個抽屜，接著他再打開抽屜鎖，從裡面拿出三本棕色皮面的記事簿，莊嚴地放在桌子中間。封面飽受風吹雨打，還染上一抹海藻綠——這三本簿子曾經寄居在一條水溝裡，有幾頁的字跡還被汙水沖刷得一乾二淨。他坐到單人沙發上，慢吞吞地往一支長柄陶土菸斗裡裝菸絲，同時揚揚得意地望向這幾本簿子。接著他打開其中一本，仔細研究起來，來來回回翻頁。

他眉頭緊鎖，嘴唇痛苦地蠕動著。「六邊形，半空中的一個『2』和一個叉號，這又是什麼東西？上帝啊！他怎麼那麼聰明！」

不一會兒，他放鬆下來，向後靠著，透過房間裡的煙霧，盯向那些別人看不到的東西。「充滿了祕密，」他說：「絕妙的祕密！」

「一旦我能破譯這些祕密，上帝啊！」

「但我不會像他那樣去做邪惡的事。我只是——好吧！」他抽了一口菸斗。

他做起了美夢，他這輩子永恆不滅的美夢。雖然肯普不懈地探聽過、埃迪嚴密地盤

2 威廉・科貝特（William Cobbett，一七六三—一八三五），英國散文作家、記者、政治家，發表過大量英國鄉村遊記。

問過，但是除了店主外，沒有任何人知道這幾本簿子的下落。上面記載著隱形術等十幾個奇怪的祕密。直到他死去，也沒有人知道這些祕密。

譯後記

《隱形人》是英國著名小說家赫伯特．喬治．威爾斯在一八九七年發表的科幻小說，與他先前的作品相比，《隱形人》的想像力一如既往地讓人歎為觀止，而在講故事上，《隱形人》更上一層樓，顯得比以前自信多了，標誌著其敘事技巧的長足進步。作為威爾斯寫作上的轉型之作，它比《奇妙之旅》（一八九五）、《變化之輪》（一八九六）等更加突出日常生活和心理描寫。

如今《隱形人》早已成為科幻小說經典，一個世紀來被翻拍成多個電影版本。儘管威爾斯一生創作了大量傑作，跨越科幻、歷史、社會、政治、哲學等多種門類，但不可否認，《隱形人》和《時光機器》成了他最為人知的兩部作品。連威爾斯本人都在自傳裡苦笑著承認：「對當今的許多年輕人來說，我只是《隱形人》的作者。」在筆者看來，他對日常生活的逼真描寫、對人物心理的傳神刻畫，是《隱形人》成為傳世經典的重要因素之一。

有趣的是，《隱形人》雖說是一部科幻小說，但威爾斯卻為我們生動再現了十九世紀末的英格蘭生活場景和鄉土風情。他早期作品的故事背景通常設定在真實而典型的英格蘭環境中。舉個例子來說，《時光機器》儘管描述的是遙遠的未來，但英國讀者會感覺故事就發生在里奇蒙周邊或泰晤士河谷。《隱形人》裡的伊平村是一個真實存在的村子，位於西薩塞克斯郡米德赫斯特鎮西北數英里的丘陵地帶，離倫敦大約六十英里。威爾斯曾經在米德赫斯特文法學校擔任學生助教，他描繪起那些村落生活來自然是得心應手。

至於威爾斯對書中人物心理活動的傳神刻畫，讀者的感受最有說服力。大多數讀者都是青少年時代讀的《隱形人》，據說很多人曾經被嚇得不輕，甚至留下童年陰影。作為本書譯者，也許是翻譯過程中入戲太深，我也時而被驚得汗毛倒豎，嚇出一身冷汗。那些心理描寫充滿著夢魘性的離奇怪誕和邪魅陰暗，猶如愛倫·坡的短篇小說，但作為一個毛骨悚然的科幻故事，它對細節和心理的刻畫又過於真實，驚悚得真實可信，令讀者對隱形人的故事深信不疑。無獨有偶，一九三八年，根據《世界大戰》改編的廣播劇在美國一家電臺播出，由於威爾斯的細節描寫太過逼真，聽眾以為真有火星人入侵，引發了全國性的巨大恐慌。不過，威爾斯的幽默文風同樣令人印象深刻，他在營造出驚悚氛圍的同時，又能時不時來句機智妙語讓你忍俊不禁。

威爾斯有本事把科幻寫得令你信以為真。一是因為對細節和心理的刻畫極為生動真切，二是因為以科學事實作為寫作基礎。《隱形人》不同於一般的科幻小說，從主人公向肯普醫生解釋隱形的原理，講述自己的實驗過程就可見一斑。那一番解釋和講述，涉及物理、化學、幾何、解剖、生物、微生物等多門學科，充滿了科學的趣味，能看出威爾斯天馬行空的想像是以廣博的科學知識為基礎。這種建立在科學基礎上的想像推理，令讀者不會去懷疑「隱形術」的真實性，一如他們閱讀《時光機器》時不會去懷疑「時光機器」的存在。

《隱形人》的主人公是狂熱的天才科學家格里芬，他發明了隱形的方法，把自己變成隱形人，並勸說肯普醫生和他一起建立一個恐怖王朝，後來肯普的出賣激怒了他，他走上瘋狂的報復之路，最終被圍毆致死。威爾斯還是一個構架情節的大師，每一個情節都環環相扣，埋下伏筆，可謂懸念迭起。最後一章「尾聲」令整個故事有了完整感，誰都沒有料到，最後的結局竟然是湯瑪斯・馬維爾先生一邊抽著陶土菸斗一邊注視著格里芬的記事簿，渴望洞悉裡面記載著的隱形術的祕密。彼時馬維爾已經從流浪漢變成有錢人，他也許是威爾斯創造出的最狄更斯式的人物。

《隱形人》被視為描寫瘋狂科學家與社會對立的傑作。在某種意義上，它是一個關於人性「惡」的哲學式寓言。當沒有道德約束時，人類會變得危險和不負責任。「隱形」便象徵著脫離道德束縛，隨著隱形實驗成功，潛伏在人性底層的邪惡因子開始作祟，格里芬首先想到的是利用這項異能去幹違法的事情。他認為隱形在殺人這方面最能發揮作用，妄圖實行恐怖統治。而一旦背離公認的行為準則，公然與社會和人類為敵，就只能激發群眾的集體反抗，自我毀滅也就會很快到來——主人公成了一個被群體剿殺的悲劇人物。

威爾斯揭示了科技文明和倫理道德之間的衝突。他想表達的是，科學成果不一定能促進社會的進步，有時反而會導致人性的扭曲，把人類變成一種冷酷自私、沒有感情的動物，給人類社會帶來負面影響。有意思的是，作者對格里芬的態度是雙重的，字裡行間流露出對他的聰明才智的欣賞，彷彿天才與瘋子只有一步之遙。他筆下的格里芬與這個世界格格不入，是他人眼中的怪物和異類。某種程度上，格里芬被他塑造成了制度的受害者和反叛者，藉此來影射罪惡的根源是社會制度。

二〇二〇年四月二十六日於靖江　陳震

附錄
赫伯特・喬治・威爾斯大事年表[1]

一八六六年（誕生）

九月二十一日，出生於英國倫敦東南部肯特郡布羅姆利（Bromley）的一個貧寒家庭。其父約瑟夫・威爾斯（Joseph Wells）和其母薩拉・尼爾（Sarah Neal）共育有三男一女，威爾斯是最小的孩子。約瑟夫・威爾斯做過園丁，薩拉・尼爾做過女傭。

當時，威爾斯的父母經營著一家店鋪，售賣瓷器和體育用品，但收益甚微。此外，父親還是一名職業板球運動員，效力於肯特郡板球隊，其比賽收入是威爾斯一家的重要經濟來源。

一八七四年（八歲）

意外摔斷了腿，臥床休養期間，父親為他從圖書館借來了各種書籍，這些書籍帶他進入了外面的世界，也

1 由譯者陳震編譯。

激發了他寫作的欲望。他由此養成了閱讀的興趣和習慣。

同年九月起，威爾斯開始在湯瑪斯・莫利商業學校（Thomas Morley's Commercial Academy）就讀，直至一八八〇年六月。

一八七七年（十一歲）

父親大腿骨折，這場意外斷送了他作為板球運動員的職業生涯，也讓威爾斯一家失去了主要經濟來源，而微薄的店鋪收入難以維持生計，生活更為窘迫。於是，威爾斯和幾個哥哥開始進入社會謀生。

一八七九年（十三歲）

十月，母親透過遠親亞瑟・威廉姆斯的關係，為他在伍基（Wookey）的學校安排了學生助教（pupil-teacher，為低年級學生上課的高年級學生）的工作，半工半讀。

然而，同年十二月，威廉姆斯因教學資質問題被學校解雇，威爾斯也只得離開。

在米德赫斯特（Midhurst）附近做過短期藥劑師學徒、在米德赫斯特文法學校（Midhurst Grammar School）當了一小段時間的寄宿生之後，威爾斯與一家布商簽訂了學徒工協議。

一八八〇－一八八三年（十四－十七歲）

在海德氏南海布料商店（Hyde's Southsea Drapery Emporium）做學徒，每天工作十三個小時，和其他學徒住在一間宿舍裡。這段難以忍受的經歷日後啟發他寫下了《命運之輪》（*The Wheels of Chance*）、

《波利先生的故事》（*The History of Mr. Polly*）和《基普斯：一個簡單靈魂的故事》（*Kipps: The Story of a Simple Soul*），這幾部小說描繪了一個布店學徒的生活，並對社會財富的分配提出了批評。

一八八三年（十七歲）

說服父母不再送他去做學徒，再一次得以進入米德赫斯特文法學校，成為學生助教。

拉丁語和科學都學得很好，給校方留下了深刻的印象。

一八八四年（十八歲）

獲得助學金，進入位於南肯辛頓的科學師範學院（Normal School of Science，即皇家科學院的前身，如今隸屬於英國帝國理工學院），學習物理學、化學、地質學、天文學和生物學等課程。其中，生物學課程由著名的進化論科學家湯瑪斯·亨利·赫胥黎（Thomas Henry Huxley）任教。

一八八四－一八八七年（十八－二十一歲）

每週能夠拿到二十一先令（一畿尼）的補助金，得以完成學業。

這一時期，威爾斯對社會改革開始產生興趣，加入了辯論社，與他人一起創辦《科學學院雜誌》（*The Science School Journal*），積極表達對文學和社會的觀點，同時開始嘗試寫小說。

一八八七年（二十一歲）

威爾斯沒能在科學師範學院拿到學位（一說是因為在學年測驗中，地質學成績不及格），便離開了學校，在之後的幾年中以教書為生。

一八八八年（二十二歲）

在《科學學院雜誌》上發表短篇小說《頑固的阿爾戈英雄》（*The Chronic Argonauts*），被視為其代表作《時光機器》的前身。

一八九〇年（二十四歲）

通過倫敦大學外部課程（University of London External Programme），完成動物學的修讀，這時才獲得理學學士學位。

一八九一年（二十五歲）

離開科學師範學院後，威爾斯就沒有了收入來源。他的嬸嬸瑪麗邀請他到她家住一段時間，這解決了他的住宿問題。

其間，他對自己的堂妹、瑪麗的女兒伊莎貝爾·瑪麗·史密斯（Isabel Mary Smith）越發感興趣，隨後向她求愛。他倆於一八九一年結婚。

同年，開始在倫敦大學函授學院教授生物學，一直到一八九三年。教書之餘，為了賺錢，他也為雜誌撰寫短篇諧趣文章等。

一八九三年（二十七歲）

染上了肺出血，休養期間，開始寫作短篇小說、散文、評論，以及科普作品。

第一部著作《生物學讀本》（*Textbook of Biology*）以及與R．A．葛列格里（R. A. Gregory）合著的《向自然地理學致敬》（*Honours Physiography*）出版。

一八九四年（二十八歲）

愛上了自己的學生艾咪．凱薩琳．羅賓斯（Amy Catherine Robbins），與第一任妻子伊莎貝爾分居。

一八九五年（二十九歲）

五月，與艾咪．凱薩琳．羅賓斯（威爾斯叫她簡）搬到薩里郡的沃金（Woking），他們在市中心的梅伯里路租房子，在那裡住了一年半，並於十月登記結婚。這一年半也許是他整個寫作生涯中最具創造力和最多產的時期。

第一部長篇小說《時光機器》出版，頗受讚譽。

同年出版的作品還有《與一位叔叔的對話》（*Select Conversations with an Uncle*）、《奇妙之旅》（*The Wonderful Visit*）、《杆狀菌遭竊及其他事件》（*The Stolen Bacillus and Other Incidents*）。

一八九六年（三十歲）

《紅屋》（*The Red Room*）、《莫羅博士島》（*The Island of Doctor Moreau*）、《命運之輪》出版。

一八九七年（三十一歲）

《普拉特納的故事和其他》（*The Plattner Story and Others*）、《隱形人》、《某些個人事務》（*Certain Personal Matters*）、《三十個奇怪的故事》（*Thirty Strange Stories*）出版。

一八九八年（三十二歲）

《世界大戰》出版。

一八九九年（三十三歲）

《當睡者醒來時》（*When the Sleeper Wakes*）、《時空故事》（*Tales of Space and Time*）、《愛的對策》（*A Cure for Love*）、《荒國》（*The Vacant Country*）出版。

《當睡者醒來時》開創了科幻小說的一條重要血脈：反烏托邦小說。

一九〇〇年（三十四歲）

《愛情與劉易舍姆先生》（*Love and Mr. Lewisham*）出版。

一九〇一年（三十五歲）

《預測》（*Anticipations*）、《最早登上月球的人》（*The First Men in the Moon*）、《機械和科學發展對人類生活和思想可能產生的作用》（*Anticipations of the Reaction of Mechanical and Scientific Progress upon Human Life and Thought*）出版。後者是他的第一本非虛構類暢銷書。

與第二任妻子簡的大兒子喬治・菲力浦・威爾斯（George Philip Wells）出生。

一九〇二年（三十六歲）

《發現未來》（*The Discovery of the Future*）、《海上女王》（*The Sea Lady*）發表。

一九〇三年（三十七歲）

經英國大文豪蕭伯納介紹，加入英國社會主義團體費邊社。

與第二任妻子簡的小兒子法蘭克・理查・威爾斯（Frank Richard Wells）出生。

《十二個故事與一個夢》（*Twelve Stories and a Dream*）、《陸戰鐵甲》（*The Land Ironclads*）、《形成中的人》（*Mankind in the Making*）出版。

一九〇四年（三十八歲）

短篇小說《盲人國》（*The Country of the Blind*）發表，《神食》（*The Food of the Gods and How It Came to Earth*）出版。

一九〇五年（三十九歲）

《現代烏托邦》（*A Modern Utopia*）、《基普斯：一個簡單靈魂的故事》出版。《現代烏托邦》是威爾斯的第一本烏托邦小說。

一九〇六年（四十歲）

《彗星來臨》（*In the Days of the Comet*）、《美國的未來》（*The Future in America*）出版。

一九〇八年（四十二歲）

《新世界》（*New Worlds for Old*）、《大空戰》（*The War in the Air*）、《一勞永逸的事務》（*First and Last Things*）出版。

因與費邊社領導成員蕭伯納產生分歧，威爾斯退出了費邊社。他的長篇小說《安・維洛妮卡》（*Ann Veronica*）和《新馬基維利》（*The New Machiavelli*）反映的就是他在費邊社時期的生活經驗。

一九〇九年（四十三歲）

作為皇家科學院的校友，幫助建立皇家科學院協會，成為該協會的第一任主席。

女作家安珀・里夫斯（Amber Reeves）為威爾斯生下一女：安納・簡（Anna Jane）。威爾斯與安珀的父母是透過費邊社結識的。當年七月，在威爾斯的安排下，安珀與大律師G・R・布蘭科・懷特結婚。安納・簡到十八歲才得知自己的生父是威爾斯。在貝翠絲・韋伯（Beatrice Webb）對威爾斯的「骯髒陰謀」表示不滿後，威爾斯在小說《新馬基維利》中以貝翠絲・韋伯和她的丈夫西德尼・韋伯（Sydney Webb，兩人均為費邊社核心人物）為原型塑造了一對目光短淺的資產階級操縱者「阿爾蒂奧拉和奧斯卡・貝利」。

《托諾－邦蓋》（*Tono-Bungay*）、《安・維洛妮卡》出版。

威爾斯創作過一系列以《托諾－邦蓋》為代表的反映英國中下層社會的寫實小說，但是知名度不如他所寫的科幻小說。

一九一〇年（四十四歲）

《波利先生的故事》出版。

一九一一年（四十五歲）

《新馬基維利》、《盲人國及其他故事》（*The Country of the Blind and Other Stories*）、《牆上的門》（*The Door in the Wall*）、《地面遊戲》（*Floor Games*）出版。

一九一二年（四十六歲）

《婚姻》（*Marriage*）、《偉大的國家》（*The Great State: Essays in Construction*）、《勞工騷動》（*The Labour Unrest*）出版。

一九一三年（四十七歲）

《戰爭與共識》（*War and Common Sense*）、《自由主義及其政黨》（*Liberalism and Its Party*）、《小型戰爭》（*Little Wars*）、《感情熱烈的朋友》（*The Passionate Friends*）出版。《小型戰爭》制定了微型戰爭遊戲中的基本規則，推動了這類遊戲的發展，所以威爾斯也被遊戲玩家認為是「微型戰爭遊戲之父」。但威爾斯其實是和平主義者。

一九一四年（四十八歲）

威爾斯第一次訪問沙俄。

《一個英國人看世界》（*An Englishman Looks at the World*）、《獲得自由的世界》（*The World Set Free*）、《哈曼先生的妻子》（*The Wife of Sir Isaac Harman*）、《結束戰爭的戰爭》（*The War That Will End War*）出版。

比威爾斯年輕二十六歲的小說家和女權主義者麗蓓嘉·韋斯特（Rebecca West）為他生下一子安東尼·韋斯特（Anthony West）。

一九一五年（四十九歲）

《世界的和平》（*The Peace of the World*）、《恩典》（*Boon*）、《比爾比》（*Bealby*）、《輝煌的研究》（*The Research Magnificent*）出版。

一九一六年（五十歲）

《世界將要發生什麼?》（*What is Coming?*）、《布特林先生看穿了它》（*Mr. Britling Sees It Through*）、《重建的要素》（*The Elements of Reconstruction*）出版。

一九一七年（五十一歲）

《戰爭與未來》（*War and the Future*）、《上帝是看不見的王》（*God the Invisible King*）、《一個有理智的人的和平》（*A Reasonable Man's Peace*）、《一個主教的心靈》（*The Soul of a Bishop*）出版。

一九一八年（五十二歲）

《約翰與彼得》（*Joan and Peter*）、《第四年》（*In the Fourth Year*）出版。

一九一九年（五十三歲）

《歷史是唯一的》（*History is One*）、《國聯的思想》（*The Idea of a League of Nations*，與他人合著）和《通往國聯之路》（*The Way to a League of Nations*，與他人合著）出版。

一九二〇年（五十四歲）

威爾斯第二次訪問蘇俄，在老友、著名作家高爾基的介紹下，受到了列寧的接見；撰寫了《陰影下的俄國》（*Russia in the Shadows*）。

同年，與高爾基的情人莫拉．巴德伯格（Moura Budberg）發生了關係。莫拉和比她年長二十七歲的威爾斯成了情人。

第一次世界大戰期間，完成了歷史著作《世界史綱》（*The Outline of History*），展現了他作為歷史學家的一面。《世界史綱》開創了歷史普及讀物寫作的新紀元，深受大眾歡迎。

一九二一年（五十五歲）

《救助文明》（*The Salvaging of Civilization*）、《新歷史教學》（*The New Teaching of History*）出版。

威爾斯被提名諾貝爾文學獎。

一九二二年（五十六歲）

《華盛頓與和平的希望》（*Washington and the Hope of Peace*）、《心臟的密所》（*The Secret Places of the Heart*）、《世界，其債務與富人》（*The World, Its Debts and the Rich Men*）、《世界簡史》（*A Short History of the World*）出版。

一九二三年（五十七歲）

《神一般的人》（*Men Like Gods*）、《社會主義與科學動機》（*Socialism and the Scientific Motive*）出版。

一九二四年（五十八歲）

《一個偉大校長的故事》（*The Story of a Great School Master*）、《夢想》（*The Dream*）、《預言之年》（*A Year of Prophesying*）出版。

一九二五年（五十九歲）

《克莉絲蒂娜・阿爾貝塔的父親》（*Christina Alberta's Father*）、《世界事務預測》（*A Forecast of the World's Affairs*）出版。

一九二六年（六十歲）

《威廉・克里索爾德的世界》（*The World of William Clissold*）、《貝洛克先生對〈世界史綱〉的反對意見》（*Mr. Belloc Objects to "The Outline of History"*）出版。

一九二七年（六十一歲）

威爾斯的第二任妻子簡罹癌去世。

《遇到修正的民主》（*Democracy Under Revision*）出版。

一九二八年（六十二歲）

《世界的走向》（*The Way the World is Going*）、《公開的密謀》（*The Open Conspiracy*）、《布萊茨

先生在蘭波島》（*Mr. Blettsworthy on Rampole Island*）出版。

一九二九年（六十三歲）

《曾是國王的國王》（*The King Who Was A King*）、《世界和平的共識》（*Common Sense of World Peace*）、《湯米的冒險》（*The Adventures of Tommy*）、《帝國主義與公開的密謀》（*Imperialism and The Open Conspiracy*）出版。

一九三〇年（六十四歲）

《帕厄姆先生的獨裁》（*The Autocracy of Mr. Parham*）、《生命的科學》（*The Science of Life*，與朱利安．S．赫胥黎和G．P．威爾斯合著）、《通向世界和平之路》（*The Way to World Peace*）、《令人煩惱的代表作問題》（*The Problem of the Troublesome Collaborator*）出版。

一九三一年（六十五歲）

《勞動、財富與人類的幸福》（*The Work, Wealth and Happiness of Mankind*）出版。

一九三二年（六十六歲）

《民主制之後》（*After Democracy*）、《布勒普的布勒普頓》（*The Bulpington of Blup*）、《現在應該做什麼？》（*What Should be Done Now?*）出版。

威爾斯第二次被提名諾貝爾文學獎。

一九三三年（六十七歲）

《未來世界》（*The Shape of Things to Come*）出版。

五月十日，威爾斯的著作被柏林的納粹青年焚燒，並被禁止進入圖書館和書店。

同年，莫拉．巴德伯格離開高爾基移居倫敦，她和威爾斯的情人關係又恢復了。威爾斯一再向她求婚，但莫拉堅決拒絕。威爾斯病危時，莫拉在側照顧。

一九三四年（六十八歲）

在德國筆會拒絕接納非雅利安作家入會後，身為國際筆會主席的威爾斯將德國筆會驅逐出國際筆會，激怒了納粹。

威爾斯在拜訪美國總統法蘭克林．羅斯福之後，第三次訪問蘇聯，代表《新政治家》雜誌（*The New Statesman*）對史達林進行了三個小時的專訪。他告訴史達林，這次他看到了「健康人民的快樂面孔」，與他一九二〇年訪問莫斯科時形成鮮明對比。但他也對基於階級的歧視、國家暴力和缺乏言論自由作出了批評。史達林很喜歡這次採訪，並作了相應的回答。作為總部位於倫敦的國際筆會主席，威爾斯希望自己的蘇聯之行能夠贏得史達林的支持——該筆會保護作家「寫作不受威脅」的權利。

《史達林與威爾斯對話》（*Stalin-Wells Talk*）、威爾斯自傳《自傳實驗》（*Experiment in Autobiography*）

出版。

威爾斯患有糖尿病，同年成為糖尿病協會（現為英國糖尿病協會，英國最好的糖尿病慈善機構）的聯合創始人。

一九三五年（六十九歲）

《新美國》（*The New America*）出版。

威爾斯第三次被提名諾貝爾文學獎。

一九三六年（七十歲）

威爾斯被推舉為英國科學促進會教育科學分會主席。

《挫折之解剖》（*The Anatomy of Frustration*）、《槌球運動員》（*The Croquet Player*）、《能夠創造奇蹟的人》（*Man Who Could Work Miracles*）出版。

一九三七年（七十一歲）

《新人來自火星》（*Star Begotten*）、《布林希爾德》（*Brynhild*）、《探訪康津》（*The Camford Visitation*）出版。

一九三八年（七十二歲）

《兄弟》（*The Brothers*）、《世界大腦》（*World Brain*）、《關於多洛莉絲》（*Apropos of Dolores*）出版。

十月三十日，哥倫比亞廣播公司以即時新聞報導的形式在《空中水銀劇場》（The Mercury Theatre on the Air）節目中播出根據《世界大戰》改編的廣播劇。部分聽眾信以為真，將廣播劇誤認為「火星人入侵地球」的新聞，產生恐慌。該事件成為傳播學的經典案例。

一九三九年（七十三歲）

《神賜的恐懼》（*The Holy Terror*）、《一位共和激進分子尋找熱水的旅行》（Travels of a Republican Radical in Search of Hot Water）、《人類的命運》（*The Fate of Homo Sapiens*）、《新世界的順序》（*The New World Order*）出版。

一九四〇年（七十四歲）

《人類的權利，或者我們為何而戰？》（*The Rights of Man, Or What Are We Fighting For?*）、《黑暗森林中的孩子》（*Babes in the Darkling Wood*）、《戰爭與和平的共識》（*The Common Sense of War and Peace*）、《為了阿拉拉特，所有人上船》（*All Aboard for Ararat*）出版。

一九四一年（七十五歲）

《新世界指南》（*Guide to the New World*）、《你不可能太過小心》（*You Can't Be Too Careful*）出版。

一九四二年（七十六歲）

《人類的遠景》（*The Outlook for Homo Sapiens*）、《科學與世界思想》（*Science and the World-Mind*）、《費尼克斯》（*Phoenix*）、《沒有經驗的幽靈》（*A Thesis on the Quality of Illusion*）、《時間的征服》（*The Conquest of Time*）、《人的新權利》（*The New Rights of Man*）出版。

一九四三年（七十七歲）

《克魯克斯．安薩塔》（*Crux Ansata*）、《莫斯利暴行》（*The Mosley Outrage*）出版。

一九四四年（七十八歲）

「二戰」快要結束時，盟軍發現，黨衛軍在海獅行動中編列了入侵英國後將立即逮捕的人員名單，威爾斯在列。

《一九四二到一九四四年》（*'42 to '44*）出版。

一九四五年（七十九歲）

《走投無路的心靈》（*Mind at the End of Its Tether*）、《幸福的轉折》（*The Happy Turning*）出版。

一九四六年（八十歲）

八月十三日，威爾斯在英國倫敦病逝。他在一九四一年版的《大空戰》序言中寫道，他的墓誌銘應該是：

「我早就告訴你們了，你們這些該死的蠢貨。」

該年，威爾斯第四次被提名諾貝爾文學獎。